帶走一個時代的人

——從李敖到周夢蝶

隱地 著

爾雅出版社 印行

俠隱記

亮軒

寫了一輩子，總見過幾處編輯室，有上百人的報社，半夜裡室外人人入夢，那裡卻滿屋子的人在工作，分秒必爭。也見過超大型出版社的編輯室，人人各司其責，個個忙碌，鴉雀無聲，深不可測。

然而隱地的編輯室卻別有一番風味。

要是看到四十年來的爾雅出版社出了八百種書，其中還包括了「年度小說選」、「年度文學批評選」等等。儘管只是文學專業的出版社，也有萬紫千紅的文學面目可讀，嚴肅的、輕鬆的、記實的、杜撰的、歷史性的、或是當下熱門的、還有大陸的，海外的，無所不容。而且，作為出版人的隱地，同時也是小說家、散文家、詩人、評論家。在這八百種書當中，他至少每年還有自己的作品一至二種，隨筆、散文、評論、小說、現代詩……幾乎涉足了所有的文學類型。而據我所知，爾雅的每一種書，他都參與校對。

作為一個獨立的出版人，他也常常參加各項文學的活動。此人好美食，愛看電影，在爾雅出版社隔壁，還有爾雅書房，每周偶有不定時活動，或是請人演說，要不就是讀書會，研討會，有時招待臨時客人，以及與各單位各學校社團活動到正式教學的配合，也常有他的身影。文友有什麼事想到他，大多他也出席。有什麼資訊搞不太清楚，找他問問，也會有答案。要誰的地址要電話也找他，打聽誰誰的近況也問他，幫忙郵寄有時他也能配合。他還要應付出版社各項支出收入，寫作的手，也是開支票的手，這個人好像一個現代文學資料中心，是一個活的索引目錄。

然而你看他出出入入也沒有張惶失措，總也好好的說話，好好的吃飯，好好的寫稿，電影一定要看，朋友一定要來往，該參加的一定參加，禮數從來沒有閃失。看來他也不是虎虎生風，濃濃的眉毛，大大的眼睛，紅紅的嘴唇，講話帶著一點一直改不掉的上海腔調，多入聲，很有力。八十歲了吧？眼袋漸漸呈現，顯得人生道上走得不怎麼輕鬆，卻也從無退卻之意。四十年前對於自己的許諾，一路安安靜靜的信守，質量一絲也沒有苟且。出版業一路蕭條，新出版的純文學的書本，本本都給人最後孤種的感覺，隱地的爾雅依然照著一年二十種書的進度在出，看來業務應該蒸蒸日上，其實完全不是那麼一回事，圖書出版銷售早已為大企業以龐大的組織、資金、專業、侵奪了無數小出版社的生存空間，勢不可擋。暢銷書很少不是急就翻譯的，大多都是跟隨當下潮流的商品。然而隱地依然撐著他的純文學，從過去的書店一要就是幾十上百本書，到如今老半天才一本兩本的要，也得專程送去。出版業的變遷，隱地點滴備嚐，最近十幾年來，每一口都是苦的，這些苦，不一定說得出，更不一定說得清。

這樣的一位文化人，他的編輯室會是怎樣面貌？規模如何？用人多少？有幾間房間？多麼大？

那一間小小的編輯室，說是他的個人書房應該更為妥當，那裡是會客室，也是他的休息室，大概有個四、五坪，也只容得下他一個人。落地窗外一小步便是跟馬路隔開的一堵牆，所以沒有風景可看，光線倒還可以，牆內種了幾棵樹，平平常常的。洗手間就在裡面，方便不受打擾的連續工作。書桌四周堆滿了書，快要跟桌面等高，身後牆上當然就是書架，滿滿的凌亂，這真的是在主人工作運用中的書架。他曾經借過我的一冊善本書，後來不見了，過了一段時間，又說從書堆裡出現了，只這麼樣的遭遇，就很清楚的看得出他有什麼樣的書架。他的訪客無非都是作家，當然也不用刻意招待，一杯白開水就行了，這個杯子要怎麼放，有時客人要自己想辦法。

四十年來，隱地大部分的生命便在這麼一小間屋子裡流過，卻出版了包括他自己的五十多種在內的八百種書。種種都是文學，沒有任何一本是商場指南，或是股票百日通，或是英文一定強之類。隱地四十年來從不阿俗，也不孤高，他站在面對市場的第一線，說為文學擋子彈也許太嚴重了點，然而四十年來爾雅為文學傲然挺立，不計盈虧，打算撐到自己百年為止。這是非常不現實的，我不只一次的問到該怎麼辦？隱地是個不會視而無睹的人，他沒有一點盲目的樂觀，但是他就是要撐下去，為了一生的志業，有文學的好書，就是不問賠賺，一定出。他說還有房子可賣，要是真有那麼一天的話。我聽了不覺得悲慘，我看到的是一位文學世界的大俠客。

隱地得到文化界不少朋友的推重，一點都沒有假借，他沒有金脈，沒有人脈，熱情與毅力是他所有的資本。他是個負責的出版人，也是個非常勤奮的作家，又是現代文學的推手，現代詩的大護法。他以極為單純的心腸經營爾雅，無非就是要出好書，其餘不計較也不作多想。

要是有一天全世界都沒有純粹的文學出版社了，卻一定還有一家，就是爾雅。爾雅的那間擠滿了書的小小一人編輯室，揮灑出了一個高大廣闊的文學山水，風煙皓皓，碧水依依，讓我們與文學常在，我不會忘記。

二〇一五・七・十

帶走一個時代的人
——從李敖到周夢蝶

隱地

輯三　世界怎麼了？

輯四　讀書真好

輯五　歌壇影壇文壇

附錄

李敖一生倨傲不遜……自以為金剛不壞，精神不死！
如此強悍之人，還是走了……
在世時罵盡天下人，死後罵他的人也不少。
他也確實影響過許多人，甚至影響了一整個時代——
但李敖輕忽了做人的基本道德價值，
人雖離去，卻讓臺灣留下了負面的「民粹主義」盛行……

李敖帶走了我們的時代。
現在的青壯，有他，沒他，對他完全無感，
時代翻轉……就是不一樣了。

輯一 帶走一個時代的人

李敖和他的傳記。

帶走一個時代的人
——從李敖之死說起

以「一個人對抗一個時代」而家喻戶曉的李敖。終於在數度傳說死亡之後，真的死了！

一九三五年四月二十五日，生於東北哈爾濱的李敖，字敖之，祖籍山東濰縣，在世上轟轟烈烈的活了八十三年，像他身上的紅夾克，光燦奪目。

早在一九八六年，「拒絕聯考的小子」吳祥輝就以自印方式出版過一本《李敖死了》。二〇一六年李敖住院之後，網路上更數度誤傳李敖的死訊。

李敖於二〇一八年三月十八日上午十時五十九分因腦瘤逝世榮總，消息從電視上打出字幕，所有新聞台立即跟進，不時還有李敖影像跳出，有時附帶新聞說明，有時只出現他穿著紅夾克的各種畫面。到了下午，有關李敖新聞的報導越來越多，中天曾經為他開過「李敖大哥大」節目，畫面和新聞比其他各台更多，下午三時開始更加插「康熙來了」和陳文茜在臺大舉辦實況轉播的「中天青年論壇」，直接將當年採訪李敖的節目重播數次。

李敖在電視上說，如果他死了：「我的大腦是人類最後一個抵抗電腦的人。」

他又說最恨銀行，資本家和企業團體。在聽他說這些話的時候，我覺得他畢竟是上一個時代的人——我們那個年代的人，多少都抗拒電腦，更不用說後來出現的各種進步神速的三C產品，特別是看到有人成天拿了一個手機滑來滑去，李敖說，這些人再也沒有自己的獨立思考，他還說，「你們將來到了像我這樣八十歲時，眼睛都快要瞎掉了」。

李敖一再強調小老百姓幾乎人人都活在謊言裡，他說國民黨說反共、反共，騙了我們二十六年；又說民進黨說台獨、台獨，騙了我們三十年。李敖說話一向自信且主觀，誇大其辭，更是其特性。他坐過二次監牢，一個坐過監牢的人，對人世憤憤然，也屬正常，但李敖之「瘋」，所謂「小瘋狗」，後來又成了「老頑童」，源頭來自他二十八歲出版第一本書《傳統下的獨白》（文星叢刊之5），早已在學界文壇不脛而走。

主要他不停寫文章批判他的老師，從沈剛伯到毛子水，從李濟到許倬雲，甚至他一生曾經崇拜過的胡適大師，批判還是小事，而是他的「罵人」，李敖罵名，橫掃臺灣，只要出名的人，有名的人，幾乎沒有不遭他罵的。罵起人來，六親不認。如果罵得對，

「六親不認」倒也有其道理，問題是，李敖罵人，邪的罵，正的也罵，弄到後來黑白不明，是非不分。

蕭孟能先生最早提拔他，讓他年紀輕輕就當上《文星雜誌》主編，由於李敖在《文星雜誌》上寫了〈老年人和棒子〉，自此對他另眼相看，硬把原先也是他愛將的張平（張白帆）拉下馬來，把張的總編輯位置讓給李敖，而張只得改接總經理；但等到後來蕭孟能有難，李敖照樣罵蕭孟能，不久雙方為了財務還告蕭孟能，成為蕭孟能晚年最痛苦的回憶。

李敖父親李鼎彝過世時，剛滿二十歲的李敖，按照傳統，要燒紙、誦經……還要向來弔喪的人磕頭……「我統統不來這一套」，李敖說：「並且當眾一滴眼淚也不掉……我一生勇於特立獨行，都伏機於此。」

燒紙、誦經……可以反對，父親死了，一滴眼淚也不掉，就沒什麼好炫耀的，說自己一生勇於特立獨行，都「伏機於此」，這可就得說說李敖的源頭了。父親是北大畢業的，接受自由主義思想，對自己的孩子教育也就採開通和放任的方式。小小李敖初二開始就要「移風易俗」，認為過舊曆年是一種不進步，且違反現代化，他父親聽了，就說：「好小子，你不過就不過罷！你不過，我們過！」

後來，李敖討厭上學，高三只唸了十幾天，就說要休學在家自己唸書，他父親也立即答應說：「要休學就休罷！」有如此放任的老爸，也就難怪後來出現一個如此放肆的兒子。李敖狂狷個性的養成，說來，他父親的放任教育，也要負一部分責任。

李敖年輕時候批評中國傳統文化，主張全盤西化，被視為威權年代思想異端者，那是七〇年代，正是國民黨還在白色恐怖的戒嚴時期，政治是敏感話題，一般人躲之惟恐不及，但李敖的「文星集團」和殷海光、雷震等人辦的《自由中國》，倡導自由、民主議題，觸碰蔣總統一任再任三任永不下台的挑戰話題，成為年輕知識分子偶像，特別是李敖更是敢言敢罵，他的書雖幾乎本本成為禁書，卻越禁越暢銷，我自己也是他的崇拜者，他的每一本書，都設法搜購、蒐藏，想不到這樣一位在我心目中有著重要位置的人，有一天竟成為他在法庭上要控告的人。

這件事說來荒唐。一九六九年，我在文星書店出版短篇小說集《一千個世界》，一九七九年，將停印超過十年的《一千個世界》改名《幻想的男子》，在爾雅重新印行，出版前還特別當面向文星書店負責人蕭孟能取得同意，沒想到八〇年代中有一天李敖突然撥電話給我，他說他受朱婉堅（蕭孟能前夫人）之託，將「文星叢刊」所有著作權委託他處理，他說我無權在爾雅印刷自己的書，我約他在一家名叫犁田的西餐廳吃飯，告訴他前因後果，並將孟能先生的同意字條給他看，李敖認為無效，他說所有文星財產均屬朱婉堅，他受朱婉堅之託，向我索討版權費，不過同時他也向我暗示，大家都是朋友，只要誠意夠，一切都好解決，他舉了兩大報負責人王惕吾和余紀忠，均已私下和解，我當然也不是笨人，聽懂他話外弦音，但我說《一千個世界》是我自己的書，何況已取得蕭孟能同意，法律上我站得住腳，遂明說不可能再主動掏錢收回版權，李敖聽完笑咪咪的說，那就只好在法庭上見了。

後來兩人果然在法庭面對面，但我再也不願和他說什麼話了。

官司判決讓他大感意外，我不必賠他一毛錢。

同時被告的還有純文學林海音，大地姚宜瑛，九歌蔡文甫，洪範葉步榮以及作家余光中等人，那幾場官司，他完全未得到一分一毫好處。

李敖一生愛興訟，甚至把「告人」當職業。他不停地告這告那，連建築公司賣屋，他去測量，少了幾分之幾坪，一樣一件件地告不停，告到「拒絕聯考的小子」吳祥輝，吳祥輝覺得多說無用，不如就在法庭法官面前，突如其來在他小腹連續攻上幾拳，自此，李敖開始謹慎防備，不管走到哪裡，身上都藏了一把小刀。

一九九七年，我因出版爾雅版「年度小說選」滿三十年，獲金石堂「年度特別貢獻獎」與同年金石堂「年度出版風雲人物」何飛鵬以及最具影響力的書——《李敖回憶錄》

作者李敖，三人在一起領獎，金石堂負責人周正剛看李敖和我完全沒有互動，於是問我倆：「你們互相不認識嗎？」李敖和我都連忙說「認識、認識」，但彼此仍然一句話也未說，後應媒體要求合拍了幾張照片，從此分道揚鑣。如今陰陽永別，居然已時隔二十一年。

人，本來就有許多面相。要把一個人分析清楚，何等困難，何況像李敖這樣百年難得一見的「才子」。李敖當然是個複雜之人，他有孔明之智，亦有曹操之奸，更帶一些張飛的無厘頭。他說他一生說真話，卻口沒遮攔，完全不顧別人想法，傷人無數，卻毫無歉意，但他本來就不是常人，我們也就不能以常人視之。

李敖膽識夠，做學問認真，缺的是「自律」。他自小以破壞傳統和規範為榮，所謂造反有理，必然也就成為社會秩序動盪的亂源。

李敖一生提倡民主自由，但由於不尊重「法統」和倫理，正歪一齊打，打到後來民粹主義抬頭，一發不可收拾。

說來說去，李敖可謂是民粹主義的祖師爺。

民進黨創黨黨員朱高正，一九八七年當選立法院第一屆增額委員，推動國會全面直選和開放大陸探親跳上主席台揮出第一拳，此後立法院即進入「暴力問政」，經常上演全武行。朱高正此舉，亦不脫「民粹」影子。

1997 年，隱地因出版爾雅叢書及「年度小說選」滿三十年，獲金石堂「年度特別貢獻獎」，與「1997 金石堂年度出版風雲人物」何飛鵬（左一）、「1997 年最具影響力的書──《李敖回憶錄》」作者李敖（左二）及前金石堂副總經理陳斌（右一）合影。

此後，陳水扁式的尖叫問政和邱議瑩式的踢腿……「民粹主義」盛行，民眾見怪不怪，可「臺灣奇蹟」也就很快沉淪，「亞洲四小龍」的美名逐漸消退。

重新拿起李敖的書，他的文字如一塊吸鐵石，除非不打開，只要打開，就會被他的文字迷倒。畢竟，我們是同一時代的人，儘管他嬉皮笑臉，嬉笑怒罵，他說的話，我們全聽得懂，也能打進我們心坎，他的走，等於把我們的時代帶走了。現在的年輕朋友可能不理解我們那一代的人為何那麼迷戀他。有他，沒他，對這一代的青壯完全無感，是的，時代翻轉，就是不一樣了！

——原載《聯合報》副刊（二〇一八・四・三）

附錄　江青談李敖

不枉此生！

三月十八日李敖在臺北作古，不到一個小時，知道我和李敖相熟的女友給我傳來：「小青：李敖走了！」的噩耗。

這些日子我每天關注媒體上鋪天蓋地的有關李敖的報導和評論，正好與他五光十色、起伏跌宕的人生歷程一樣多面而複雜，我只能說歎為觀止罷！

對這位極具爭議性「人物」我不敢妄評，也沒有資格。但作為相交斷斷續續超越半世紀的朋友，我可以談談個人和他交往的點滴片段，好留下他翩翩令人難忘的嘻語容顏，也好告慰這位友人在生命後期常引用陸游的這句詩自誇：「我死諸君思我狂」！

認識李敖這位語不驚人死不休的狂人，是一九六四年。一九六三年李翰祥導演在香港成立「國聯電影公司」，那年我隨「國聯」去臺灣拍創業片《七仙女》，正好李敖的書《傳統下的獨白》同一年出版，轟動一時。我在關心《七仙女》上映宣傳時，在媒體報章上也注意到了這本令各方人馬「七嘴八舌」的書。在好奇心驅使下找來看，此書收錄了他二十篇綜合文體雜文，其中一九六一年他一鳴驚人的出道之作〈老年人與棒子〉也在其中。我對書中的內容雖不完全瞭解，但全書反抗、藐視威權和傳統的態度，及有聲有色、嬉笑怒罵的筆鋒，令一貫習慣「聽話」，剛剛離開大陸不到兩年的我為之一震。國聯租用臺北泉州街一號「鐵路飯店」作大本營，我住在裡面，大本營從早到晚三教九流人來人往、車水馬龍。李翰祥導演生性好客，當時臺灣文學、藝術界人士都是他的座上賓，高陽、郭良蕙、平鑫濤等，當然鋒頭最健的文星書店蕭孟能夫婦和李敖也在其中。

李翰祥和李敖是東北大同鄉，都在北平生活過多年，跟故都有濃郁的鄉愁也可以稱「牽心結」。記得兩人用道地的京片子活龍活現的談天說地、毫無忌憚的品頭論足、淋漓盡致的快人快語。我在北京舞校生活六年，習慣聽京片子以及缺德又尖酸刻薄的用語，真覺得好親切、好過癮、好快活！至今還記得他們讓我大吃一驚的「流氓」語：男人不壞、女人不愛！

當年臺灣警備總部跟李敖死纏爛打，他日日夜夜有「跟班」，於是他用影視圈做擋箭牌，權充不務正業，與「跟班」周旋，魚目混珠過日子。他自己是這麼看：「如果我是皇帝，我想我恐怕無法不養他們做弄臣，讓他們文化美容，讓我美容文化。就憑這些認識，我同影劇圈的人交朋友，總是歡笑中保持著精明，一點都不含糊的。」

一九六五年，創辦四年的《文星》雜誌第一次被查封後，李敖一籌莫展，異想天開要賣牛肉麵賺錢，後來是通過李翰祥同學畢麗娜幫忙，做起販賣舊電器生意維生。

同是東北人的畢麗娜和李翰祥是北平藝專同學，二嫁美國駐臺武官費偉德（Wade Phillips），因此改姓費。一九六四年，我和性情中人的費麗娜剛認識就一見如故（那年兒子費翔四歲）來往頻繁。往來之中，李敖得知費麗娜前夫因「匪諜」罪名在臺灣命喪黃泉，而我從大陸來臺，但絕不自認是反共藝人，更覺得可以跟我們推心置腹，告訴了我們當他年少時在臺中唸書，佩服老師嚴僑（地下共產黨員），幾乎密謀潛逃的故事。

我們看出雖然平日李敖瀟灑自如，嬉笑怒罵，但知道他囊中羞澀，於是眾人給他出生財之道的邪門主意。我年少無社會經驗出不了主意，但能當個小幫「凶」——付四萬臺幣購買了李敖收藏的《古今圖書集成》。

記得在國聯飯廳，李翰祥夥同「狐群狗黨」經常一起吃飯、打牌，李敖打牌十打九贏，那時候也變成了他謀生收入的一部分。吃飯時李敖喜歡「將」李導演的軍，回答不出他典故出處的要罰款，向他討教歷史憑據問題的要收費，李導演愛才、有時也仗義，心甘情願乖乖送他錢。聰慧、熱情的費太太（我當年這樣稱呼她），在美軍顧問團「吃得開」，交際處事八面玲瓏，在她搭橋架樑下，幫李敖買二手冷氣、冰箱，得心應手，轉手賣出所得，在當年不薄。

從來不隱瞞愛錢，愛美女的李敖——因怕人窮志短，突然跟我們宣布，在某女中門口見到了絕色美女，因而常常中止在進行中的談話或事務，好準時趕去女中門口等美女下課。他窮追不捨的勁道，和各種鬼點子，讓大家絕倒、稱奇。李敖追上手的小情人，他暱呼「小蕾」，純淨而又善解人意的小蕾的確讓大家眼睛一亮。國聯買下瓊瑤第一部小說《窗外》電影版權後，大家都在留意物色第一女主角——江雁容，這時一致認為，論年齡和美麗以及多愁善感的氣質，小蕾當是第一人選無疑。後來，不知什麼原因事與願違，好像因為當年李敖寫過文章批評瓊瑤的文風「窮搖」而導致流產？時間久遠，有些記憶無法確定。寫到這裡忽作奇想，如果林青霞當年沒有拍《窗外》，她現在會過怎樣的人生？

第一次到李敖信義路公寓住處作客，印象最最深的莫過於他藏書豐富的書房，他龐大的資料庫尤其難忘，由地板到天花板四周全是鐵櫃。記得他笑說：「每個和我交朋友的人必須小心，我有你們全部和我來往的紀錄資料，嚴防朋友日後反目，這裡放著的全是證據。不信？」於是他舉各種例子，邊說邊準確無誤地找出相關資料示人，而每個打開的櫃內，文件放得井井有條。我納悶的問：「不會有我的檔案罷？」，回答：「哦——那當然！」，說著李敖就快速打開一鐵櫃，取出文件夾，「這是你的檔案，×年×月×日在江青家吃飯，菜單是……，客人有……；這張寫×年×月×日在江青家打牌，某人贏若干、某人輸若干、某人欠若干；……」「我真服了你，不要再唸了，誰還敢跟你交朋友？」我確確實實大吃一驚，也佩服他驚人的記憶力和過目不忘的本領。

那時，李敖的母親跟李敖住，是個有個性、倔強又直爽的北方老太太，李敖介紹她是「西太后」。而李敖好鬥、嫉惡如仇的性格，我覺得可能部分由母親那裡承傳下來。除了對住在家中的小蕾她會有「不懂規矩」的微詞，對大家尤其是對李敖的好友孟祥柯都極熱情，聊起天來，老太太言之有物又滔滔不絕。記得我問她擔心李敖的安全嗎？因為當時李敖準備好了一個小包包，隨時隨地可以拎起來去坐牢。老太太嘆口氣，向窗外的「跟班」指了指，「我都不勸他了！」看著李敖說：「勸你也沒有用，不是嗎？」，李敖像個小男孩看著母親，柔情的笑了笑，老太太一句話再沒多講。

這一幕我一直記得很清楚，一方面欽佩李敖堅持自己的原則，表現出大無畏的堅毅精神；另一方面也感到這位表面上不動聲色，內心焦慮如焚的母親愛的偉大。據我所知李敖一直相信靈慾一致的愛情，對小情人憐愛有加，親眼目睹在李敖人生低谷時，小蕾小鳥依人般陪伴在旁，是他的精神支柱也是愛情給予的力量。小蕾小小年紀，這份從容、勇氣和對愛情的執著，也令我對她刮目相看。

一九七○年夏天我婚變，倉皇之下「逃」離臺灣，沒有跟任何人道別。

一九八九年，在十九年之後我又回到了闊別的臺灣，在國家大劇院作獨舞演出。演出結束後，去李敖家敘舊，在他家廚房餐桌上，我們回憶起以前共同做過的許多「傻」事，也談及往年朋友們之間的恩恩怨怨。李敖入獄、出獄；結婚、離婚，都發生在我缺席臺灣的那十九年間。

十九間前我離開港臺影劇圈，在美國也是一切由零開始，朋友久別重逢細細數來，人生旅程中的甜酸苦辣、驚濤駭浪我們都經歷過了，往事如煙唏嘘不已。

離開前，李敖送給我剛出版的書《李敖回憶錄》，並即興在書上題了首詩：

且作神仙舞
願為流俗輕
曲終人不見
江上一峰青

一九八九年之後，我去了臺灣很多次，無論探友訪勝、參加影展、演出、出版新書，每次都會找機會跟李敖見面，他快人快語跟他談話痛快、愉快。他是一個真實的人，沒有包袱也不虛矯，雖然有時喜歡故弄玄虛和借題發揮。這幾次的見面，至今記憶猶新，現一一記下——

初期會面那一次，我居然想起那套二十多年前購買的書，於是向他「討貨」，不料李敖突然哈哈捧腹大笑，眼淚都快笑出來了：「啊——妳怎麼還沒有轉過彎來，還是那麼善良、一根筋到底啊？」「你什麼意思？」，說了半天我才恍然大悟，原來那筆買書錢是我前夫欠下他的賭債，「想不到當年你們狼狽為奸騙我？」李敖一面喊罪過，給我賠禮道歉，一面馬上要了我的地址，要給我寄上。然後說：「我是給妳賠禮道歉在先，不信妳看有書為證。」於是他翻開《李敖回憶錄》，書中如是寫：

有一次大家在劉維斌（演員）家賭錢，賭到天亮時，來了電話，劉家昌說：「一定是我老婆來查勤了，千萬別承認！」劉維斌拿起電話，果然是江青打來的，劉維斌立刻把賭臺上的生龍活虎氣概，收斂得一乾二淨，反倒裝出被電話吵醒的模樣，語調遲鈍，慢慢而斷續地說：「……不在啊……沒有啊……我昨晚拍片，今早四點才上床啊……」我們大家屏息靜坐，不敢出聲。事後哄笑不已，深嘆劉維斌演技精絕。二十年後江青來臺，到我家拜訪我，我甚感慚愧，我覺得她與劉家昌婚姻的失敗，我們這些當年的酒肉朋友不無責任。

九十年中期，李敖約我去吃飯，他一家四口都來了。知道他為了保護家人安全，很少讓妻小「拋頭露面」，因為他事先沒有講明，我頗感意外。只見李敖牽著兒子的手，高䠷、亮麗的太太懷中抱著女兒，沒等坐下，李敖第一句話竟是：「你看我太太腿漂亮罷？她穿著短褲在汽車站，我遠遠看到這美長腿，就追了上去……」不讓李敖講下去，他太太說：「我是王小屯。」落落大方的自我介紹。「是我太太，丈母娘比我還小。」李敖忙接口，我伸出手給王小屯：「幸會！」「你怎麼還那樣胡說八道，在小孩面前不要亂講。」王小屯柔聲說。「小青知道我脾氣，沒有關係的。」李敖嘻皮笑臉辯解。這是我第一次見王小屯，但那次的聚會印象深刻，在李敖口中王小屯除了美腿打一百分外，當媽媽也打一百分。見他們夫婦恩愛，飯桌上王小屯悉心照顧孩子母愛氾濫，李敖看在眼裡也是一副心滿意足的神態，我著實替老朋友慶幸。

這以後，我沒有機會再見溫柔而又聰慧的王小屯，希望她和子女多多保重，節哀順變！

九十年代末期，一次跟李敖見面，閒談之間他打聽諾貝爾文學獎的提名要件，我將所知道的一些規定：如何可以獲得提名，誰有資格提名等，一一如實相告。最後告訴他，我在瑞典的老友陳邁平（筆名萬之，《今天》雜誌創刊人之一），最清楚程序和熟悉要領，每年都會在香港《明報月刊》上寫一些介紹諾貝爾文學獎的文章，有機會可以介紹你們認識。

過了一陣子，自稱是李敖忠實信徒的黃宏成先生到瑞典斯德哥爾摩來找我和邁平，並寄送了精裝版《李敖大全集》。在邁平看來，送書是敲門磚，估計李敖是想以獲得諾貝爾文學獎提名，且為他將要出版的新書和做的事作賣點和宣傳。

一九九九年秋天，邁平和太太瑞典漢學家安娜去臺北，斯德哥爾摩大學和淡江大學有交流項目，我提早向李敖通風報信，李敖抓緊時機很正式的宴請了邁平、安娜夫婦。聚餐時他們向李敖表示：首先需要把作品翻譯成外文才能讓瑞典文學院了解他，於是李敖正式委託他們夫婦幫助翻譯出版。至於被問到：如何才能知道並且證明被提名？回答簡明：一封簽名回執掛號信即可證明。

當然，我知道才情縱橫聰明絕頂的李敖是詭計多端、從不會謙虛的人。對後來宣傳得轟轟烈烈、炒作得沸沸揚揚的「李敖被提名諾貝爾文學獎」事件，我當然一點也不會感到意外，因為清楚內情。此事有點像一幕「荒誕劇」，我和邁平談及此事時，兩人不免「偷笑」。

二〇〇一年又去臺北，李敖約我在餐廳小聚。一入座他就問：「聽說妳跟高行健得諾貝爾文學獎有關係？」「不可能，誰說的？」「我有小道消息。」非常肯定的語氣。於是我就把八十年代跟行健認識，以及在他出國前委約他寫《聲聲慢變奏》和《冥城》兩個劇的細節告訴他，並坦言，我認識行健遠在馬悅然之前，一直對他的作品讚揚不已，雖然我跟馬悅然在瑞典也相識多年，行健來瑞典在我家作客，我也請了悅然夫婦作陪，但表演藝術界和文學界風馬牛不相干，「你不要胡扯。」

記得行健二〇〇〇年得諾貝爾文學獎是爆大冷門，媒體朋友遠在港、臺給我打長途，中國駐瑞典大使館也給我打電話，各路人馬急於打聽：高行健是何方神聖？有哪些作品？我馬上趕寫了篇「自由在他心中」，寄給老資格的老朋友董橋先生，獻給讀者。

猜想李敖大概也看到了這篇文章罷，談話中向我透露了他有問鼎諾貝爾文學獎的心思。此後他寄了小說《北京法源寺》和《上山．下山．愛》給我和邁平，安娜也翻譯好了瑞典文版《李敖回憶錄》，但基於當時瑞典出版社沒有興趣，所以一直沒有機會出版。一晃眼十多年就過去了，邁平和李敖徹底斷了聯繫。二〇一七秋天我去臺灣前，邁平鄭重託付我向李敖當面說明情況：現在他和安娜有了自己的出版社，而且運作得有聲有色，所以會重新修訂後出版。結果到了臺北，打電話給李敖無人接聽，就直接去了李敖仁愛路四段他家，吃了閉門羹，留下字條：「你好李敖！無人在家，聽說你病了，特來探望！見字請給我旅館打電話……」我一直等不到他的電話，顯然病情嚴重，心中黯然。

這幾天跟邁平通郵件談李敖，他回郵寫：

李敖是個在歷史上有其地位的人，也是位值得紀念的人，對於他因為反抗國民黨過去的獨裁而坐牢，我是深懷敬意的。又寫：（沒有出版瑞典譯文）這是一個我的遺憾，因為未能完成答應做的事情。但我還是希望，今後能為他出這本書，對作者總得有個交代。

我回郵：

我想李敖出版瑞典文的事應當時機成熟了吧。

此外，他的《北京法源寺》寫得極好，我建議你們可以考慮翻譯，現在和諾獎沒有關係，不帶功利性反而有意義。

每次和李敖見面，他總是說我「好人被人欺」，告訴我要出氣的事儘管找他，他會替我「報仇」。「我已經沒有『仇人』了，目前我生活過得很單純。」「當真？」他話中有話，惡作劇的表情，我過去的種種恩怨情仇，吃了的大虧，他心知肚明，「就當當年走火入魔、算交學費罷。」我心平氣和地說。

《印象．劉三姐》是大型桂林山水實景演出，是一個把廣西的民族文化同廣西旅遊結合起來的歌舞劇項目，張藝謀對此很感興趣，覺得「可以玩」。當年張導演因為要排北京故宮版本歌劇《圖蘭朵》，所以觀摩了無數次一九八七年紐約大都會歌劇院演出《圖蘭朵》錄像，知道我在此劇擔任編舞同時任藝術顧問。於是在為劉三姐項目招兵買馬時，主動找人跟我取得聯繫。我表示對旅遊文化反感，無法勝任。在他好說歹說「藝術唱戲、經濟搭臺」，他本人對藝術負責的承諾後，我被說服參加了主創團隊，並和也是甲方的張藝謀導演簽約。一九九八年張藝謀帶了主創班子前去桂林選點，最終選定在灕江與田家河交匯處作為實景劇場。此後，因為他沒時間，於是由我多次帶領助手深入廣西「采風」，此中艱辛非常人道，我把文字、影像資料提供給總導演，並參與了劇本討論。項目進行並不順利，投資者幾次反反覆覆，最終於二〇〇〇年七月下旬，該項目在北京舉行新聞發布會。

不料離開北京回瑞典後，此項目又無下文。近兩年來，我推掉了所有的工作，全力以赴，但按照合同該得的酬勞分文未得，幾次詢問都不得要領。我以為又遇到了胎死腹中的倒楣事，自己遠在萬里之外，鞭長莫及，只能認吃虧！

二〇〇三年，在中國的友人突然告訴我《印象．劉三姐》在灕江大張旗鼓宣傳試演，並發來圖像，我的名字赫然在廣告上。簡直不敢相信，馬上向張導工作室及製作公司負責人問詢，製作方推說早已另起爐灶，和前面的工作毫無關係，張導推說不知內情，以為製作方跟我早就「擺平」。我對被矇騙和不講道義以及對「人」的完全不尊重開始發難，寫了公開信給張藝謀導演，結果國內媒體無人敢得罪「大腕」，也感到在國內這等事是家常便飯，不必大驚小怪。最後公開信只有香港《開放雜誌》刊登了。

此事確確實實激怒了我，想到李敖在臺灣主持「李敖笑傲江湖」電視節目，於是跟他長途電話聯繫，要他「快意恩仇」在電視上主持公道。我把情況向他細細說明，也給他寄去那封公開信，李敖感到是給他出了個棘手的難題罷，就表示口說無憑，非要我給他詳細證據不可。我直覺此事是強他所難，自己雖然忍無可忍，但也無法把時間和精力再消耗下去，此事不了了之。細心的李敖大概也感到自己沒有兌現拍胸脯對我作的承諾，後來見面時送了我一枚刻了我名字的精緻白玉圖章作禮。

李敖有位至交，也是他聲稱唯一沒有罵過的人，他是我敬重的臺灣「紙上風雲第一人」——高信疆先生。一九七六年，李敖第一次出獄，臺灣還處在黨禁報禁的年代，但高信疆甘冒風險，極具膽識地在他主持的《中國時報》人間副刊上大幅刊登他出獄後的第一篇長文〈獨白下的傳統〉，引起轟動和巨大反響。

理想主義的高信疆一直認為文學要肩負推動社會的力量，文壇需要有激盪和論戰。他有深厚的祖國情懷，認同的是一個文化中國，超越任何黨派之上，也是位大中華民族主義者，所以他和李敖惺惺相惜。

九十年代末期，高信疆去北京主辦《京萃周刊》，報上有「李敖專欄」，李敖定時寄稿，還寫了「高信疆到大陸序」給老朋友加油打氣。信疆和我在北京每每聊起這位朋友，雖然我們完全不能苟同李敖後期一些荒謬出格的言行，尤其信疆還是他和胡茵夢的證婚人，但是不能否認他的確以自己的筆和言行，激盪過無數年輕人思想的火花四射，從六〇年代初至八〇年代末，持續影響了好幾代年輕人。

信疆二〇〇九年在臺北駕鶴西歸，第二年我和李敖在臺北見面時，一個下午都在談這位摯友。我告訴李敖：「在大陸和信疆熟識的朋友知道你把信疆直接押到醫院診治，儘管檢查出來為時已晚，但節骨眼上能出錢出力地關照朋友，如今在大陸文化圈中成為美談！」當我問到信疆的身後事時，李敖告訴我，他資助了所有的喪葬和墓地費用，但細節沒有參與過問。他很坦白的說，無法忍受高太太的宗教狂熱，而信疆是個徹頭徹尾的無神論者……我們慨嘆不已！

大約是二〇一三年罷，我住在鄭淑敏家，她剛從中視董事長職務上退休不久，我們想結伴旅行。當她知道我要和李敖見面，就託付我轉達給李敖非常重要的訊息——積極在臺灣提倡並推動安樂死。因為她相信憑李敖的影響力，如果他站出來登高一呼，能有充分的力量和份量把這件事做成，造福一方。我一向佩服淑敏的判斷和決斷力，所以跟李敖鄭重其事的討論「安樂死立法」的可能性，告訴他此重任非他莫屬！他也表示我們這個年紀，大家或早或晚都會面對此類「人道」問題，也提醒我，基於中國人的傳統觀念，立法不易為。但感到此事刻不容緩，建議由他介紹陳文茜和我認識，可以聯合淑敏一起行動。

我在臺灣停留的時間如蜻蜓點水，很快又遠飛，一直沒有機會跟陳文茜女士認識。如今淑敏搬到了華盛頓，李敖走了，想到以往談及的這些有意義話題、想做的事，將來如何可以實現？

李敖走了，媒體上對他褒貶不一，是非恩怨不絕於耳。我和他陸續交往超過半世紀，知道他是個極其矛盾又複雜的人，可以是君子也可以是小人，是理想主義者也同時是實用主義者，但他是個貨真價實的「人」，永遠活在自以為正確的個人價值中。他表面上雖然完全是個快意人生的大男人，但內心裡實在是個嚴重缺乏安全感的人。我想也許是少年時期在大陸戰亂的顛沛流離，青年求學時期在臺灣的窮困潦倒，以及後來面臨的牢獄之災，這些紛擾導致成就了他的性格和格局。

近年來老朋友們一個個相繼遠行，依依不捨之下總想記下點什麼聊作緬懷。走筆至此，突然想到高行健冷眼看人生的豁達態度，不妨在此節錄下他在一九八七年為我舞蹈詩歌劇《聲聲慢變奏》作的第五場「滾板」結尾，也許高行健的這段詞能恰如其分的說穿並概括了我所理解認同的人生謝幕！

從天明到黑夜
從黑夜到天明到黑夜到天明到黑夜

從春到秋
從冬到夏
從秋到冬到春到夏到黑夜到天明到黑夜
一切的一切的一的一切的一的一切的一切的天明的夜的
冬的春的夜的夏的
一切的天明的一切的夜的一切的一切
全都用過了
消費了
結算了
了結了
報廢了
處理了
清掃了
沒有了。

這就是現實人生中誰也逃避不了的生老病死，但願李敖跟塵世間作別時，能心無牽掛、心甘情願的了了！

——原載《中國時報》人間副刊（二〇一八・五・十四—十七）

生命的轉折

隱地讀江青《故人故事》

江青《故人故事》一書出版已經五年，但展讀此書，毫不覺得它是一本舊書。對我來說，由於先前完全不知此書，且書中所寫故事，讀來處處新鮮，原來影壇有那麼多不為人知之事，雖一向自視為老影迷，畢竟這三、五十年，真正心繫念兮的還是文學。文壇和影壇，雖一字之隔，硬是天地兩造。比起文壇，影壇之事似乎更為有趣。

《故人故事》分兩大部分——「友人友事」和「影人影事」。前者，江青懷念一些已經「走失」的朋友，如作家三毛，畫家張大千、丁雄泉，舞者董亞麟，她的鄰居翰竣克與米娜，因敢說真話而贏得「中國良心」的劉賓雁，還有老師俞大綱和七〇年代媒體英雄高信疆等人，第二部分懷念八位影壇好友——胡金銓、張美瑤、朱牧、方盈、張冲、傅碧輝、艾藍和李翰祥。在寫這些人的故事裡，不時地還會在讀者面前出現的一個人，就是她親愛的夫婿比雷爾。

一九七八年八月四日和比雷爾結婚的江青時年三十二歲，婚前八年——一九七〇年七月三十日，二十四歲的江青，逃離臺北，結束和劉家昌四年的痛苦婚姻，不顧前途和命運，獨自到美國，只為逃離電影圈。

所以江青的生命，幾乎可以一分為二——二十四歲前的江青，和二十四歲後的江青。

一般人知道的江青，特別是江青的影迷知道的江青，是前一階段的江青。那是六〇年代——一九六三年，香港大導演李翰祥，突然脫離邵氏公司率團到臺北市中正區泉州街一號成立「國聯電影公司」（一九六三—一九六九），搶拍《七仙女》——由臺灣影星錢蓉蓉（容蓉）反串董永，七仙女則以「最有希望的明日之星」江青擔綱。

《七仙女》成為江青從影第一部作品，以十八個工作天拍攝完成。對上凌波和方盈主演的《七仙女》，成為當年臺、港兩地影劇界超級的頭條大新聞。

一九八二年七月，由黃仁主編的《中國電影電視名人錄》一書中，對江青的介紹文字如左：

江青，一九四六年生。女演員，上海人，家境富裕，十歲即習舞蹈，受過六年基本訓練，後考入香港邵氏南國實驗劇團，為第二期畢業生，與邵氏簽下八年基本演員合約，處女作為《七仙女》。時逢李翰祥正脫離邵氏赴臺自組國聯公司，因而被拉入國聯為基本演員，由於邵氏公司和江青因簽約時未到法定年齡合約無效。自此成為國聯當家花旦，曾以《幾度夕陽紅》獲第五屆金馬獎最佳女主角，一九六六年七月二十日與當時為歌星的劉家昌閃電結婚退出影壇，一九七〇年離婚後赴美定居，成為知名舞蹈家。

在前後七年影劇生涯中，江青共留下了二十七部電影：

《七仙女》（一九六三）李翰祥導演，錢蓉蓉、楊志卿合演。

《玉堂春》（一九六四）趙雷、樂蒂、胡金銓、李菁、高寶樹合演。

《狀元及第》（一九六四）李翰祥導演，宋存壽編劇，鈕方雨、周曼華合演。

《西施》（上下集）（一九六五）李翰祥導演，唐紹華編劇，趙雷、洪波、朱牧合演。

《幾度夕陽紅》（一九六六）楊甦導演，楊群、汪玲、秦沛、甄珍、劉維斌合演。

《窗裡窗外》（一九六七）林福地導演，姚鳳磐編劇，田野合演。

《前塵舊夢》（一九六八）劉家昌、艾黎合演。

《玉龍吟》（一九六八）趙雷、田青、朱牧、陳曼玲合演。

《二十年代》（一九六九）劉家昌、康威、羅惠珠合演。

《玻璃眼球》（一九六九）歸亞蕾、歐威、上官亮合演。

《丈夫與我》（一九六九）楊群、柯俊雄、張小燕合演。

《虎山行》（一九六九）喬宏、周萱合演。
《龍王子》（一九六九）武家麒合演。
《武士盟》（一九六九）康威、田野、崔福生合演。
《四男五女》（一九六九）康昌青影業公司。
《攝魂鏡》（一九七〇）金聖恩、陳駿合演。
《包公遊地府》（一九七〇）梁哲夫導演，馬驥、馮海、葛香亭、金石合演。
《黑牛與白蛇》（一九七〇）楊念慈原著，林福地導演，田野、金滔、馬驥合演。
《鐵扇神劍》（一九七〇）陳又新導演，羅斌、李芷麟合演。
《媽媽在那裡》（一九七〇）江彬、金超白、金聖恩、張玉玲合演。
《杯酒高歌》（一九七〇）貢敏編劇，柯俊雄、歐威、崔福生、唐威合演。
《夜歸人》（一九七〇）曹健合演。
《喜怒哀樂》（一九七〇）中的《樂》編導李翰祥。李麗華、楊群、葛香亭合演。
《神龍大戰宇宙人》（一九七〇）武家麒、徐福田、戴良合演。
《緹縈》（一九七〇）謝賢、王引、歸亞蕾、甄珍、胡錦、潘迎紫、孫越、曹健合演。
《台北上海重慶》（一九七〇）張揚、沈雪珍、丁強、吳風、田文仲、傅碧輝合演。

一九六三年代到七〇年代間，不過短短七年，江青竟然演出了二十七部電影（其中《西施》和《幾度夕陽紅》還都是上下集），平均每年拍片四部，這顯示，那也是臺灣電影的黃金年代。江青剛和劉家昌結婚，還和製片人祖康合組了「康昌青電影公司」，創業作《生老病死》（和唐威合演），由他們共同的好友——作家李敖擔任製片人。不久片名改為《四男五女》，送審不但未通過，且影片慘遭沒收。劉家昌不氣餒，他繼續在困境中趕拍了些低成本的文藝片，有時三天就能趕完一部電影，成為影劇圈中出名的鬼才，他的身分，也由歌星轉為導演，但這樣不重品質的趕戲，不分黑夜白日的工作，不是江青希望的生活，她疲憊的不只是身體，連心靈也感覺受了傷害。

更讓江青難以忍受的是，並非雙方婚後沒有儲蓄，而是對方因豪賭而債台高築，使得江青的片酬不是在簽約時就預支，而是合約本身就是直接抵債，在這種情況下，江青當然更無權挑選劇本和導演，拍到後來，連江青也不想甚至不敢看自己在銀幕上的樣子，在她完成的二十七部電影作品中，真正她看過的不超過十部。

一九七〇年演完《台北上海重慶》（春暉），七月三十一日，二十四歲的江青，疲累傷心地登上飛機。她記得，電影圈到松山機場唯一送行的朋友是傅姐——傅碧輝（一九二四—二〇〇三），她說「當我遠行面對著沒有親人，沒有語言能力，沒有工作，沒有經濟能力……收起傅碧輝給我祝福的花環，抹去淚痕，連頭我也沒回，直起腰桿向停機坪走去，我相信我有自己跌倒自己爬起來的勇氣。」

這是生命的轉折。二十四歲的江青，不願再回顧她年輕時的往事，和電影圈也完全斷絕往來。

初到洛杉磯，幸虧遇到在臺灣影展會場有過一面之緣的盧燕，她和夫婿黃錫麟先生很照顧她這個人生地不熟，英語由 ABC 學起的孤單人；同時靠著自己從小習舞，終於在加州大學柏克萊分校找到專職教舞的工作。

曾以《董夫人》獲第九屆金馬獎最佳女主角的盧燕，在好萊塢耕耘多年，佔有一席之地，她受熱愛國劇的母親影響，在家經常舉辦國劇清唱，也會談起梨園界的一些名人軼事，在盧燕家的客廳，江青認識了國畫大師張大千和有「現代鄭和」美譽的船王董浩雲，董氏知道江青熱衷「現代舞創作」，得他一臂之力，一九七三年江青在紐約市會堂舉行一場公演，當晚座無虛席，《紐約時報》等重要媒體都派了藝術專欄評論記者，促成她後來在紐約成立「江青舞蹈團」，從此舞出一片天，為她後半生的人生走出一條自己的夢想之路。

「江青舞蹈團」成立後，她急需一位旗鼓相當的男舞伴，一九七七年，紐約舞蹈界前輩賀茲先生，特為江青舉薦美籍華裔青年董亞麟，此人不但舞藝精湛，且有組織和行政才能，剛好補江青最弱的一個環節，兩人合作四年，正是「江青舞蹈團」最活躍的時期——董亞麟為江青引進了新團員，他還能編舞。兩人不但合作，表演了賀茲先生編排的雙人舞《祈禱》，還分別編排了許多新舞，如董亞麟的《鑄路》，表現早期中國移民到美國西部開墾的辛勞和拓荒精神，男女雙人舞《劍蘭》要表現的是：「世界上一切現象都是寓言，每則寓言都是一扇開著的大門，我們的『真我』可以進入世界的內層，在這內層的世界裡，你和我，日夜俱為一體。」

這支舞讓江青和亞麟飄飄欲仙，渾然忘我，舞台下的觀眾更是看得驚嘆連連，真是「此舞」只應天上有……

相對於董亞麟編舞皆由音樂出發，而江青的作品，則較偏哲理，她選的題材隱喻性強，如雙人舞《雪梅》，組舞《詮釋》……但兩人都發揮了彼此互補的合作關係，一九八〇年，他們還一起在中國幾個大城市擔負起「現代舞演出作品介紹」，將美國不同流派的舞蹈家代表作品，編了十支獨舞及雙人舞，有系統的將現代舞獻給文革後剛打開大門的中國。

一九八二至八四年，江青將重點、時間放在香港，並擔任香港舞蹈團第一任總監。

一九八九年，江青在紐約古根漢博物館「舞蹈劇場」舉辦《聲聲慢變奏》首演，特

江青與董亞麟在《劍蘭》中的雙人舞姿。

邀請董亞麟前來觀賞。「江青舞蹈團」一九八五年結束後，他們各自有了新的工作。

他們有好幾年未見面了。演出後，董亞麟到後台道賀，江青發現他在室內穿了厚重的羽絨衣——後來亞麟告訴她，自己得了愛滋病，他怕冷。他把一直對他不離不棄的男友介紹她認識，江青強忍住意外的悲傷，也就釋然了。

不多久，董亞麟告別了這個世界。一個永遠溫文儒雅的舞者，一個有才華又樂於助人的熱情年輕人，短短四十三歲的生命，就像天空閃過一聲春雷，再也無影無蹤。

在十八篇文章中，除了〈追念舞伴董亞麟〉，還有〈大明星艾藍〉和〈嘆劉賓雁〉，這三篇人物特寫，是最讓人揪心的。劉賓雁，這位中國大陸頭號的名記者，一向以敢說真話而出名，一九八八年赴美講學，一九八九年，因公開發表反對武力鎮壓六四民運人士，而為「中國作協」開除會籍，從此被當局禁止返國，再也無法見到自己的親人……於是他天天嘆氣，招待他在瑞典家裡居住的江青，日日聽他悲劇英雄式的嘆氣：唉——！唉——!!唉——!!!

望著大海看落日，抽著菸在松林裡散步，劉賓雁唉唉唉的嘆聲，連江青的丈夫比雷爾也禁不住要悄聲問江青：「眼前美景當前，為什麼他不能不嘆氣，把遙遠的中國暫時丟到腦後，享受一下大自然的清新呢？」江青並沒轉頭代問劉賓雁，她心知肚明：憂國憂民的他，心中永遠有一顆燃燒的心。

二〇〇五年十二月十日，劉賓雁在普林斯頓悒鬱死於異鄉，這個一心一意希望能再回到自己故土的漢子，他一直盼望和好友吳祖光能見上一面……但一切均未能如願。

江青感慨，離劉賓雁一九八八年離開中國大陸，到二〇〇五年逝世，中間十七年……如今劉賓雁三個字就在他的祖國蒸發了，網路、媒體、教科書，再也見不到那劉賓雁三個字，書店裡也買不到他的著作……

你看過《人妖之間》嗎？

一本揭露中國地方官員貪腐的報告文學。

啊，曾經有一個人贏得「中國的良心」的尊稱，如今誰還記得他。

至於〈大明星艾藍〉，他是瑞典國寶級演員，和大導演柏格曼是搭檔也是老友，而他和妻子美麗感人的故事，是另一對神仙夫妻，儘管老年艾藍失智了，絲毫不影響他們的感情，人性中的高貴情操造就了真正的「大明星」。

除了人性高貴的情操，還有善良，《故人故事》是一本善良環繞著核心的書。這本看似平凡，而細細閱讀，越發覺得此書大有可觀，篇篇都像一捧清香的素心蘭，全書充塞著無數溫暖感人且窩心的故事，發揚了人性的光輝，譬如江青和方盈（一九四八—二〇一〇），一九六二年同時加入香港邵氏「南國實驗劇團」，次年兩人拍的第一部電影即是《七仙女》，又都飾演同樣角色——七仙女，電影同名，兩片均由李翰祥編劇，周藍萍作曲，這樣的雙包案，在當時幾乎無法令人相信——最初《七仙女》的製作，純因凌波和樂蒂合演的《梁山伯與祝英台》在臺灣大賣，於是邵氏當局希望李翰祥再為凌波和樂蒂編一新劇——於是開拍《七仙女》，後因樂蒂飾演的七仙女和飾董永的凌波爭排名，樂蒂突然罷演，邵氏只得臨時換上新人方盈，而江青則隨李翰祥來了臺灣，變成另一部《七仙女》的主角，隔海相拚，一般的觀念，從此方盈和江青，必然成為冤家，剛好相反，她們的友情絲毫未受影響；相隔三十年後，一九九三年，金馬獎頒獎典禮在臺北舉行，大會主席李行導演邀請她倆同臺頒獎，一九六六年結婚後的方盈早已退出影壇，她為還有影迷記得她而深受感動。

在江青眼裡，方盈謙虛又厚道，後來她轉行服裝設計和室內裝潢，一九八一年，江青擔任「香港舞蹈團」藝術總監，需要在香港有個住處，剛好她父母在美孚新邨有間閒置房屋，江青想到方盈也住在附近，就請她全權設計房屋的內外裝潢，方盈完全在預算內按時如期達成使命，讓江青住得安適舒服。入住不久，江青記得方盈還特地帶了一瓶紅酒，以及一套淺墨綠色的青瓷作為賀禮。兩人燭光下小酌，令江青永生難忘。

方盈之外，另一個讓江青永遠放在心裡的朋友是「金燕子」鄭佩佩。佩佩和她同年同月生，一起在上海長大，同是南國劇團同學，還同時交過第一個男朋友，由佩佩，江青又想到她們同時叫著的張冲哥，影星張冲，身高一八四公分，以高大英挺外形為人矚目，有上海人的聰明，但絕不虛矯，從他嘴裡永遠不會聽到是非，他和謝賢、陳自強、鄧光榮、陳浩、秦祥林和沈殿霞七人，是結拜兄妹，被稱「香港銀色鼠隊」。

一九六五年，張冲曾和鄭佩佩赴臺拍攝文人導演潘壘編導的《蘭嶼之歌》，早年曾和林黛、凌波、何莉莉……有過戀情，直到一九七五年和「萬人迷」胡錦結婚，結束了王老五生涯，但這段婚姻僅維持四年，離婚後，和往常一樣，他從不發一句惡言怨語。

出道甚早的張冲，一九五九年和林黛、陳厚、游娟合演《情網》，次年又和古典美人樂蒂合作《蕉風椰雨》和《魚水重歡》，一九六一年，演出另一位文人大導演，上海聖約翰大學中國文學系畢業的陶秦（一九一五—一九六九）專為他量身打造的《金喇叭》，此片獲選參加第五屆美國舊金山國際電影展，自此成為張冲演藝生涯轉捩點。不久又演出袁秋楓執導《黑森林》以及胡金銓編劇的《山賊》，都讓張冲粗獷豪邁的英雄氣概展露無遺。

八〇年代初，張冲把生活重心移到了臺北，他和他的另一半林小姐合夥開了一家名叫「杜老爺」的西餐廳，他像完全變了一個人，從過去的 playboy 變成戀家男人，他喜歡安定的家庭生活。常去「杜老爺」的客人，都會發現有一個頭戴鴨舌帽的男士，經常在擦拭玻璃，誰也想不到他竟然就是大名鼎鼎曾經和影后林黛合拍過電影的張沖。

二〇〇四年，張沖生了一場大病，動了手術，老友鄭佩佩剛好幫「天映」宣傳邵氏當年的經典影片，來臺灣想要訪問他，卻無法聯絡上，過了一些時日，張沖主動約鄭佩佩在「杜老爺」相聚，告訴她許多事情，包括自己向醫院請假，由護士推著輪椅去看凌波和胡錦聯袂登臺演出的《梁山伯與祝英台》。

張沖平時是不說這些的，鄭佩佩當時聽了格外感觸，臺上的「梁山伯」與「祝英台」，一個曾是他的未婚妻，一個則是他的前妻。鄭佩佩問：「她們知道你在臺下看她們嗎？」

張沖回答：「這個不重要了！」

人人都有生命的轉折，張沖臨老的不如意─失了健康，財務也出現危機，讓他覺得這是一生最大的挫敗和遺憾。

鄭佩佩不以為然，對他說：「人來世上，酸甜苦辣都應嚐嚐……你以前都過好日子，朋友們在一起只是吃喝玩樂，如今嚐到了苦味，也才能讓你感覺友情可貴……」

張沖聽了回答鄭佩佩：

「的確，朋友是我一生最大的財富，還有就是家人，沒有家人的支持，我是沒法堅持到今天的。」

以上加插的關於張沖的故事，出於附在書中由鄭佩佩執筆的〈情在緣在〉一文。正如為江青《故人故事》寫序的李歐梵所說，江青好心有好報。二十四歲後的江青，為自己走出一條屬於她的路——老天賜給她一個比雷爾。從一九七八到二〇〇八年，三十年的神仙夫妻，我們從〈三毛陪我們度蜜月〉，以及另一篇〈隔海近鄰——翰竣克與米娜〉，可以完全瞭解比雷爾其人其事，他是瑞典醫學界的名人，也是諾貝爾醫學獎委員會的成員，像大多數的歐洲知識分子——關心人與社會，有一種天生的社會責任感，更熱愛大地和大自然，他喜歡在自己成長的猞猁島上撒網捕魚，伐木砍柴，栽花種菜……比雷爾是一個快樂的漁夫。

三十三年後，如今江青獨處在瑞典猞猁島上，「眼見盛開的野花，耳聞鳥啼，浪濤和松風聲……」她終於體悟到比雷爾的「天堂」——能給予我前所未有過的安詳與寧靜，無論站坐，或躺下……江青說：「我確確實實地知道：大地依然在那裡支撐著我……」

善良，《故人故事》裡有無數善良的人，善良的事。這些善良，構成了人世間的和諧。

二十四歲前的江青，定格在黃仁的《中國電影電視名人錄》。二十四歲後的江青，她為自己改寫歷史，這是她一九七〇年後新的簡歷：

七〇年，江青前往美國，重新展開舞蹈生涯。七三年在紐約創立「江青舞蹈團」，舞團和她的獨舞晚會不斷在世界各地演出，並應邀參加國際性的藝術活動。

一九八二至八四年應邀出任香港舞蹈團第一任藝術總監。先後任教於美國加州柏克萊大學、紐約亨特大學、瑞典舞蹈學院及北京舞蹈學院。

一九八五年移居瑞典，此後以自由編導身分在世界各地進行舞蹈創作和獨舞演出，並經常參加歌劇和話劇的編導工作。

江青的藝術生涯也開始向跨別類、多媒體、多元化發展。其舞台創作演出包括：紐約古根漢博物館、紐約大都會歌劇院、倫敦 Old Vic 劇場、瑞典皇家話劇院、維也納人民歌劇院、瑞士 Bern 城市劇場、柏林世界文化中心、中國國家歌劇院等。

同時創作了多部舞台和電影劇本，其中《童年》獲一九九三年臺灣優秀電影劇本獎。

九〇年代初，江青開始寫作，將近二十年，先後完成《江青的往時·往事·往思》、《藝壇拾片》、《故人故事》、《說愛蓮》，二〇一八年九月將在爾雅出版新書《回望》。

輯二

八十回顧及其他

十歲來臺的小朋友八十歲了！
這麼大年紀，連我自己也嚇了一跳。
——作者

我滿意自己的不滿意
我不滿意自己的滿意
——楚戈

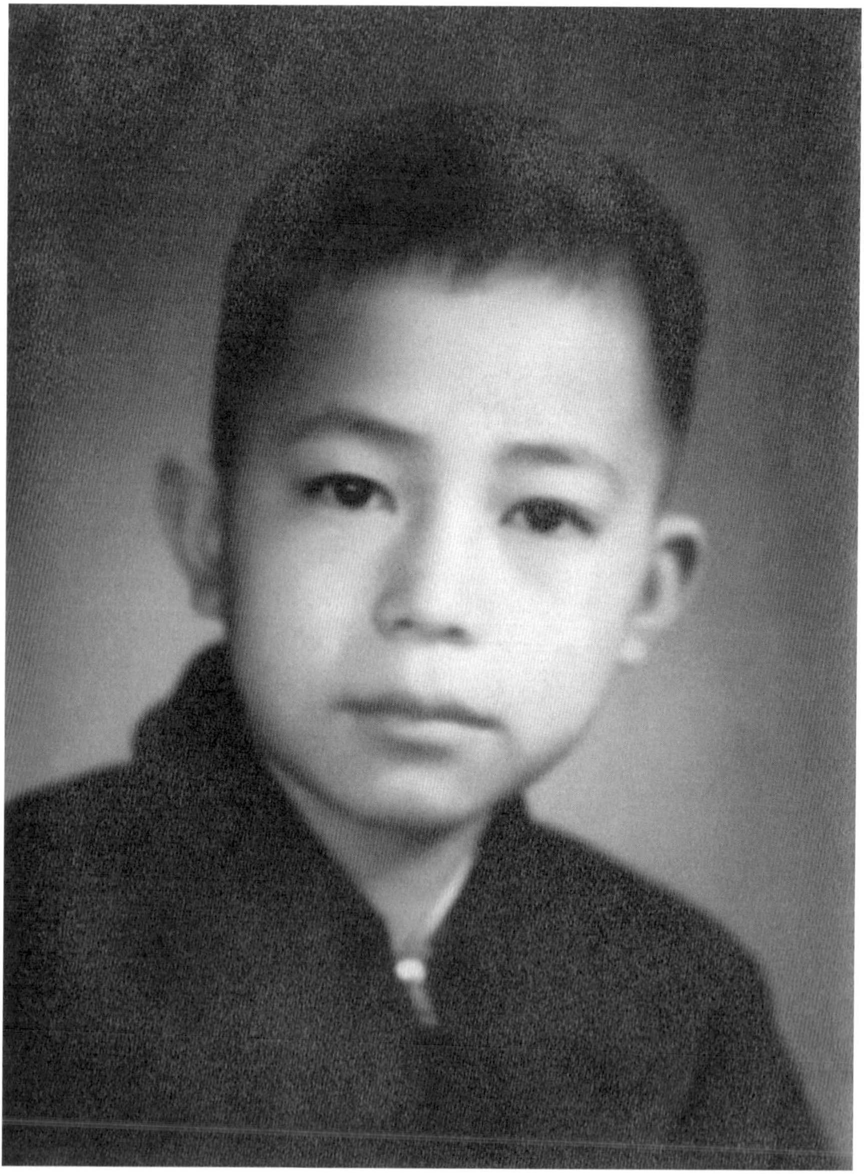

1947 年，就讀「國語實小」二年級的我，時年十歲。

八十回顧

十歲來臺的小朋友八十歲了！

這麼大年紀，連我自己也嚇了一跳。

又到了中午吃飯時間，我決定到牯嶺街「原味咖哩」吃牛肉咖哩飯，然後走一趟寧波西街，讓八十老者和十歲小朋友相遇。

我對招呼我的小老闆說：「飯請減少一半」，這就是老人，我看見隔壁桌的一對年輕情侶，男生很快地就把飯吃完，他顯然不夠，要求侍者加飯。

想到自己少年時餓飯的經驗——我曾一次吃下七套燒餅油條；還有入伍時早晨的山東大饅頭，你從來不曾想過，怎麼會有那麼大的饅頭，但對天天出操的我們，那個大饅頭就是填不飽我們的肚子，餓啊，就是餓，青年人就是能吃，等到有一天，到餐廳吃飯，老交代侍者這要少一點，那也少一點，沒有別的原因，就是人老了。

還好，人雖老，精神還好，熱情也在，否則不會特地要去看看少年時候的住家。

寧波西街八十四巷四號。這是我來臺灣的第一個家。當年爸爸在北一女教英文，配到一戶宿舍。

八十四巷走進去，只有四戶人家，門牌分別為一、二、三、四號，都是在北一女教書的老師，二號三號面對著巷子，和我家沒什麼來往，一號和四號門對門，我們家在右邊，左邊一號姓施，我會永遠記得，因為他們家有一個年齡和我相仿的孩子，名叫大寧，合起來就叫施大寧，那時最有名的兩個壞人就是毛澤東和史大林，學校一天到晚教我們「殺豬拔毛」，豬指朱德，毛是毛澤東，而史大林是俄國人，反共抗俄的「俄」，就是指俄國人，而俄國第一號大魔頭就是史大林。怎麼我們同學當中竟然也有人叫「施大寧」？施大寧除了是我的鄰居，也是我女師附小的同學。

找到了寧波西街八十四號和八十六號，如今八十四巷的巷子還在，卻已無八十四巷的巷牌，我往巷子裡走，短短一條巷子全停滿了汽車，好像已變成了停車場。越過汽車，我往右邊昔日自己的家，仍然有一道窄窄的鋁門，但無門牌，仔細看，好像成了人家的後門，轉頭尋找另外三戶人家，也都沒有門牌，全成了另一條巷子的後巷後門，原來，八十四巷已經不存在，四戶當年的日本式榻榻米房屋全消失了，現在變成一大棟公寓式建築，大門設在重慶南路三段三巷九號，我走過去仔細地瞧，現在是「北一女中第一宿舍」。

「寧波西街八十四巷四號」，我再一次默默唸著當年自己家的門牌號碼。天啊！怎麼會住進這樣號碼的一個家——八十四巷四號，原來即是一條「死」巷，也是一個「死」號，難怪剛來臺的那五、六年，我們家過著霉氣沖天的日子。好好的一個家，先是父親失業，接著父母離婚，然後北一女收回宿舍，我們一家四口，成為水中浮萍，各自飄散，父親去了虎尾，母親自己租屋，姊姊離家出走，我到北投奇岩路育英中學住讀。

繼續在牯嶺街上往前走，目標是越過汀州路，再往前走，走到一一三巷口就是洪範書店，右轉，有我經營了四十一年的爾雅出版社，八十歲的我，仍像往常一樣上班下班，我喜歡自己的辦公桌，在這張桌上，我看著每日進出書單，和作家們寫信，把一本稿子，變成一本書，更是透過我親愛的桌子，桌子看來雜亂，桌面上有印泥、圖章、筆——紅色筆和黑色筆，還有各種奇奇怪怪的筆，尺、膠紙、剪刀、名片、咖啡杯和各色各樣的盒子，桌上還有電話和眼鏡，當然，更多的是各地寄來的書，我自己買來的書，作家寄來的稿件，下載的電子信件，以及藥瓶、錢包……這張桌子也是我的寫作工廠，寫啊，寫的，只要辦公室的瑣碎事務告一段落，就會拿出稿紙寫我的詩、散文、小說、書話和書評，我寫得不亦樂乎，數十年來，從學校畢業的那天出版我的第一本書《傘上傘下》至今，我竟然寫出了五十五本書。天啊！如今我還不停地在寫一本「千頁大書」——分為五本的《回到五〇年代》、《回到六〇年代》、《回到七〇年代》……第一本和第三本已經出版，目前正進行中間的一本《回到六〇年代》，至於能否寫完《回到八〇年代》

和《回到九〇年代》，就看自己的毅力以及往後的身體狀況。

老了還不只是吃得少了，眼力和腳勁都大不如前。學長瘂弦從加拿大撥電話給我，他說，他是最愛寫信的人，如今他發現有些字竟不會寫了。這就是歲月。楊照以《光陰賊》為書名，你就知道歲月的無情。

年輕新詩人柳竹有一首詩寫歲月無情、光陰無常——

看那河水奔流去而不返
猶如病苦衰老遮滅我們生命
……
急流不會為等待的岩石停留
花朵難以為堅定的枝頭相守

像我，為文學出版孜孜矻矻，努力超過四十年，怎麼會想到，有一天，竟然像變魔術，這世界一夕之間，會讓百分之九十九的書店消失，真是釜底抽薪啊，沒了書店，書要放到哪裡去？網路書店啊，啊！紙版書終有一天全成了電子書，上網上雲端，是的，人類的智識寶庫——字典、辭典、百科全書，全上了雲端，抬頭看天空，雲來雲去，人類的努力，全進入天國，未來的人類啊，看星空，繁星滿天，就唱一首四〇年代張露唱的歌吧！

滿天星，亮晶晶，找不到那我的心，
你的星，我的星，混在一起分不清。
滿天星，亮晶晶，得不到那我的心，
我的星，你的星，天隔一方不相親。

比起古人岳飛的感嘆——三十功名塵與土，八千里路雲和月——如今我們面對的世界，那裡是岳武穆所能想像的，以我自己來說，十歲來臺，完全是一個小土包子，不識字，沒聽過收音機，沒看過電影，後來進了小學，開始讀書，又變成軍人，在光隆，在鳳山，學射擊，武器分解，夜間急行軍，爬行、跳躍，怕晨起集合來不及，打著綁腿睡覺，終於畢業了，分發到大甲水美山，守海防部隊，十年，過著盼望退伍的日子，進了洪建全教育文化基金會，成為《書評書目》雜誌的編輯，一九七五年，創立自己的出版社，從四十歲開始，以學徒的心情，在出版業打工，騎著腳踏車，為作家們送版稅，什麼叫打天下，從無到有，租一間小辦公室開始，在文學天地雲遊，四十年八百本書，以為江山已定，誰會想到有一天讀者的眼睛革命，他們注視手上的手機，要用手機抓寶，還要抓鬼，真不知攪什麼鬼！

世界早已改變，再也不要溫良恭儉讓。看看美國的總統大選吧，川普和希拉蕊，簡直是在比人性之惡，回過頭來看我們自己的政府，也是讓人嘆息無奈。自己讀的是新聞系，當然懂得「狗咬人不是新聞，人咬狗才是新聞」，於是電視上天天只見人咬狗。此外就是馬路殺人——大車禍，小車禍，好像除了車禍，就是酒駕，除了酒駕，就是天然災害——這是一個天災人禍的世界，然後中間插播的就是廣告，非常可笑滑稽的廣告。

是的，廣告就是電視臺的命脈，廣告多到把新聞吃掉，假新聞之名，賣廣告之實。

世界變成今天這樣，也不可全然不滿，至少至少普遍來說，我們的生活比克難年代不知好上多少倍，戰爭的年代過去，逃難的年代也過去了，如今不需用煤球燒水燒飯，如今不需擠到別人家的窗口看電視，如今吃飽了飯居然還可喝茶喝咖啡，物質生活改善了，精神生活也比以前自由，透過網際網路，我們吸收世界新知，可以說比過去方便一萬倍。

八十歲了，還能上班，還有自己的桌子，還可以寫書，也能幫忙一些想出書的朋友實現作家夢，小朋友啊，老了的小朋友啊，想想從前，你也該滿足了，何況，八十歲熱情仍在，向老天說聲感謝吧！

世界自古至今都在變，好了，會壞，壞了，會好。做一個樂觀的老人吧；憂愁，會有樂觀者來扛，你就微笑吧！

——原載《聯合報》副刊（二〇一六．十二．九）

柒．捌．玖，加拾

我不滿意自己的滿意
我滿意自己的不滿意

——楚戈

活在現世之人，大概可以分為兩類，一種人對自己什麼都滿意，還有一種則剛好相反，他完全不滿意自己的人生，怨尤這世界，覺得生錯了家庭，投錯了胎，顯然，自己是個多餘的生命。

前面說，活在人世的人，有此兩種想法，其實，擴而大之，對死去的人，不論古今中外，就是變成了鬼，在鬼的世界，仍然一樣，一半的鬼很滿意自己走過的人世，所以即使如今成了鬼，仍然是一個快樂的鬼——還有一種鬼，怨氣難消，冤魂不散，他很生氣自己在陽世的一生白白虛度，浪費了寶貴的青春，老來更自覺一無是處，害他死了仍不甘心，成為一個牢騷滿腹的鬼。

我自己對人生的想法又如何呢？從篇首有些奇怪的題目，大概可以猜想到我要說的是男人七十歲後九十歲前，大可不必退休。老人當自強，我自己就因天天上班，才能日日寫作……

二〇〇七年，我七十歲，終於學諾貝爾文學獎得主柯慈寫《少年遊》的筆法，出版了生平第一個長篇《風中陀螺》；三月，在詩人陳育虹的詩集《魅》的新書邀宴會上碰到前「人間副刊」主編楊澤，他要我加入「三少四壯」筆隊伍，寫一年專欄，那是我盼望十幾年的夢。二〇〇七年底，又出版散文集《春天窗前的七十歲少年》，看來，七十歲時的我，還真活得有勁！

到底幾歲才是生命中最好的年紀？那時，對於眼前的一切滿意，就覺得七十歲是人生的巔峰。

一年後，「三少四壯」專欄結集，書名《我的眼睛》，出書時，還將自己的大眼睛特寫照片放在封底，洋洋自得的又不停寫寫寫，先寫文學年記《遺忘與備忘》和《朋友都還在嗎？》，接著出版了詩集《風雲舞山》和讀詩筆記《讀一首詩吧》。二〇一三年，又寫日記又為九歌編《一〇一年散文選》，自己可能忘了年紀，讓老天提醒的代價是一隻眼睛突然中風，從此日日進出醫院，面對不同醫生，而無法閱讀，不能寫作，是我最無法忍受的痛苦，也是我生命中最挫敗的一年。

就是那一年我被迫總是閉目養神，戴著墨鏡，像一個按摩男，幸好，仍可在黑暗中喝咖啡。

在醫治眼疾的過程中，中山北路的陳志慶醫師，似乎放棄了我玻璃體出血的右眼，他曉得我的職業，又知道我最愛閱讀寫作，所以他總說：「我要保護你那隻好眼睛」，每當我離開醫院，他總提醒我，「去吃牛排」，我還真聽話，那時，伊通街上的「百鄉餐廳」尚未休業，當我一本正經趕去獨自吃一客牛排，老闆娘會問：「又有詩作刊出了嗎？」原來有一陣子，我在報上發表了詩，就會到她店裡獨樂樂。「醫生說要多補充蛋白質，對眼睛有好處。」

豈只患了眼疾？我真正的重症是得了「毛姆症」。所謂「毛姆症」就是「寫作病」——「寫作是一種不死的病菌，一直流在我的血液裡」，這是寫《海那邊》的吉錚說的，我和她完全一樣。你看，幾乎靠著一隻眼睛，不到一年，又完成了一本以眼疾為話題的《生命中特殊的一年》。

等到眼睛稍稍穩定，立即年復一年寫不停。《清晨的人》、《深夜的人》之後，又寫了《出版圈圈夢》和《隱地看電影》。二〇一六年更瘋狂，展開「年代三書」的寫作計畫，《回到五〇年代》、《回到六〇年代》、《回到七〇年代》，天啊，從七十歲到八十歲的十年之間，竟然寫了二十種書。十年裡年年出書兩種，連自己也快不敢相信。

為什麼寫不停？鼎公說「給我乾乾淨淨的紙，給我寬寬大大的紙」。是的，作家都需要紙，你看，這亂世，群魔亂舞，許多政治人物胡言亂語，胡作非為，文人手無寸鐵，只好氣在心裡，自找桃花源，不將心底鬱悶化為文字，日子怎麼過？

八十歲了，我還要繼續不停地傻寫嗎？

就算未來十年（老天還肯仁慈的給我頭腦清醒又健康的十年嗎？）能像過去十年一樣，再寫二十種書，那又怎樣，我還寫得回來像四十歲時寫《心的掙扎》，銷路超過十萬冊？那才是痴人說夢，書店早已從面成線成為一個點，而這個點亦由大而小，最後必然小到消失在這個世界上。作家怎麼可能把自己由一個小點再寫成線變成面？紙本書的世界日漸縮小，縮小再縮小中，小小的一個點，如今有多少人搶食，又有多少人不屑，人們正走在歷史的關鍵點上，端看後來人的智慧，以及科學家到底要把我們帶到一個怎麼樣的未來？無人能給我們答案。

但根據前人所言，萬物優勝劣敗，乃自然進化，是天演論。人，大可不必杞人憂天。

「天行健，君子以自強不息」，樂觀的人，永遠相信明天會比今天更好，世界只會進步，所有被淘汰的，都是該淘汰的。物競天擇，適者生存……現實主義者，永遠站在餅大的一邊……當一個人對生命失去理想，成為純資本主義者，這樣的俗世和世俗論者，我們難道也都默默承受？

整個出版業者（包括書店）已成為一座幼稚園，或者說是一個笑話。書，仍然成千成萬日日夜夜在製作，但一本書小額印刷到只印十本、五本至多二百本，也算書嗎？這真像小朋友玩家家酒。但反過來，有些所謂暢銷書，古里古怪的各類寫真集，算命或股票書，也算不了是什麼書。整個出版業，外表看起來，鋪天蓋地，都是書，但書失去了理想性，書的意義到底在哪裡？

當人人只抓住手上的手機，紙本書的命運，早已失魂落魄……手握傳統紙筆的我，顯然已成唐·吉訶德，成為人們嘲諷笑談的對象。

但我樂此不疲，只想把過去的世界拉回來，彷彿做夢般對別人說，「為消失的靈魂而寫，為逝去的年代而寫」，有人聽到嗎？有人肯聽嗎？真的只有風知道，人世間的恩恩怨怨，許許多多的憤恨難平，一夕風，一夕雨，光陰流失，時間翻轉，不要千年百年，即使一年半載，以現代人之健忘，昨日早已成風，吹向東南西北，有誰關心，也不想知道。

社會變成今天這樣，到底是誰的責任？幾任無能領袖，讓政府威信盡失，幾次教改，讓國魂流失，雖處處皆大學，大學裡博士教授製造更多博士，在傳播界，在媒體，打開電視就見名嘴，都在說些什麼啊……還有化學、生技、科技、科普……聽起來都是專家、專業，可怎麼好像都在製造騙術，從食物、醫美到銀行存款，都成了他們詐騙的對象，而有些法律人，知法犯法的嘴臉，讓人對所謂「正義」也失去了信心……不滿意，幸虧這世上還有人關心著人的溫度、人的良心（現在說良心好像也變成笑話，但我仍信世上絕大多數都是有良心的人），讓我們呼喚，人要回到普世價值，生而為人，怎可沒有是非觀念。

七十歲時，鼎公讀了我的《春天窗前七十歲的少年》，他說：「好奇心還沒喪失，求知慾還沒滿足，美好的想像還沒模糊，單純的善意還沒污染，感覺依然豐富而敏銳。」

所以啊，八十歲後的我，重要的是，要如何持續保持我的好奇心和求知慾！

——原載《聯合報》副刊（二〇一六・二・二十三）

最後十年加紅利

和小竇、家駒聚餐。三人每月一次輪流作東，吃飯、喝茶、聊天，已連續五、六年，他們兩位都早已自職場退休，只有我，咖啡喝到一半，一看時間快過三點，就趕緊起身說對不起，因為還要上班。

八十歲，仍然天天要上班，這樣的人實在不多；但我確實如此，從周一到周五，日日上班，完完全全就是個正統上班族。

日前聚會，小竇突然丟出一個話題，讓我吃驚，他說：「我的人生，分三階段，每一階段三十年，第一階段，從出生到三十歲，第二階段三十至六十歲，然後進入第三階段——六十至九十歲，我覺得人生最要緊的是第三階段，無論第一階段、第二階段過得如何苦或如何好，總之，就是都過去了，只有這第三階段，還是進行式……」

不錯，人一旦活到六十歲，基本上已近夕陽。「夕陽無限好，只是近黃昏」，許多人怕「黃昏」，總覺得自己時日不多，其實「黃昏」最可愛，想想年輕時，一大清早就忙上班，趕啊追啊，才到辦公室，忙著上司所交各項任務，尚未完成，一抬頭居然鐘的指針已過十二時，日正當中，正是午餐時間，和同事吃個簡餐，又急著趕上班，下午的辦公室，更加忙亂，事情一件件進來，有些還頂煩人的，幸虧，下班鈴響，暫時脫離苦海，此時追著夕陽返家，正是黃昏時刻，燈光亮起，一室溫暖，等著晚餐開動，之後時間，全屬自己，要做什麼就做什麼，可以外出看個電影，也可留在家看看書，或和家人話家常，這樣的人生可謂美好，而我們人生的第三階段——從六十到九十，正是這段所謂「黃昏時光」。

但「黃昏時光」又可分成兩段，前一半六十到七十五歲，所謂「前黃昏」階段——天尚未黑，還有亮光，且光線柔和；但一過七十五歲，進入「後黃昏」階段，體力明顯下降，就像窗外光線，亮光逐漸消失，黑暗來臨，七十五歲之後，黑夜濃度加深，從淺黑深黑到墨黑，登上八十大壽，完全漆黑一片，不開燈，伸手不見五指。

雖說八十到九十歲，還有十年，但這十年，意外事件隨時發生，就算屋內點起了燈，停電機率大增。猶記九歌發行人蔡文甫曾不只一次對我說：「隱地啊，你一定要記得：七十歲起，人生一年不如一年；八十歲起，更是一天不如一天……」

也就是說，八十歲之後，意外死亡隨時有發生的可能——譬如心肌梗塞，或者，不小心摔了一跤，居然也會魂歸西天，當然，冬夜睡覺，自此一眠不起，是謂壽終正寢。雖屬不尋常，卻也時有所聞。

我說人過八十，隨時會離去，也是因為看到太多實例，譬如一年前，我的一位八十歲老同學，只因在家打麻將，不小心掉了一張牌，他低頭撿牌，只是撿一張牌而已，他就送了一條老命。又如，日前收到金恒鑣寄來他哥哥金恒杰的遺著——《昭和町六帖》，從書中得知，八十歲的金恒杰，這位集小說家、詩人、文學批評及理論家於一身，且是《歐洲雜誌》的創辦人，回臺後還接受國科會的「經典譯著」計畫趕譯盧梭的《隅隅漫步沉思錄》，「在猝然腦溢血倒下的前幾天，恒杰還撐著自以為是『感冒』引起的頭疼，寫信給他的好友……」

可見金恒杰完全沒有想到自己生命那麼快就會消失；同樣，十一月四日剛離世的八十五歲作家鄭清文，一周前還到巫永福基金會開理監事會議，一周後，由女兒陪著到醫院作腳部復健，卻在車上突感身體不適，還沒到醫院，就因心肌梗塞倒了下去……以致他的小說家老友李喬聽聞噩耗大呼「我不能接受，我不能接受」……在在證明八十以後的老人，死神會隨時光臨。

這讓我警惕，因我已進入八十大關。之後十年，我得時時小心自己身體。走在路上，每一部車，橫衝直撞，如老虎脫柙，都是危險殺手，必須提高警覺，何況臺灣酒駕事件頻傳，還有吸毒者開車的更不在少數，搖搖晃晃在路上如小霸王，這樣的車和人，你得隨時禱告，請上帝幫忙，千萬不要在路上遇到他們。

老人還有意外——就是萬萬不要快速奔跑；我就是忘了自己年紀，在夜裡搭計程車返家，下車後才想起，還有重要物品忘在車上，於是立即追趕已向前開著的計程車，心想，前面有一個紅燈，運氣好，車會停下來，如果我跑得夠快，一定會趕上，確如我所料，紅燈亮起，汽車停了，我彷彿長了翅膀，飛也似的跑上前去和司機說話，他也果真將車上物品還了給我，此時綠燈亮起，計程車飛馳而去，而我——這個剛才趕上汽車的飛毛腿此刻卻不行了，我竟然無法走回家，發覺自己的一雙腿完全癱了。

幸虧是深夜，車少，終能以極緩慢極緩慢的小慢步走到家，五分鐘的路途，我卻走了半小時，到家，才發現自己真的不行了，第二天起，身體不停出狀況，最後付出的代價是眼睛爆了，所謂眼中風是也。

那是二〇一三年，我已七十有六，仍屬無常識之人，耄耋之年，怎可深夜突然快速奔跑，不錯，十八、九歲時，自己曾是短跑健將，一百公尺比賽，總排在前三名，就是這股自信，讓我一有機會就跑將起來，直到七十六歲還在跑，跑出了眼中風，才知老者不可快跑——顯然有夠笨，聰明的人，一定會自我設限，六十五歲之後，頂多只能快走，慢慢散步最好，這個「跑」字，早應在生命中剔除。

八十歲了，假設我能如小寶所說，過滿人生的第三階段——活到九十歲，那麼我還剩十年，這最後的十年，我該做些什麼，又不該做些什麼？

八十以後，怎麼活，倒是我該好好想想的，繼續像現在一樣每天來爾雅上班嗎？退稿道歉信寫了幾十年，還要寫下去嗎？校對了八百本書，還不累不煩嗎？眼睛只剩下一隻了，你仍然不肯饒過另一隻嗎？還有，書店都快沒有了，你胸中繼續燒著一把熊熊之火，希望自己的出版品，突然冒出一本暢銷書？怎麼可能。

八十歲，最後十年，真該想想自己該怎麼走下去，因為，危機日日在，在八十到九十的十年間，隨時隨刻都會忽然死去，記住這一點，你就凡事該豁達一些，懂嗎？

很可能相反，人老了，凡事計較得不得了。

所以囉，八十歲的自己，更該好好想想，這第三階段的人生該如何度過？

小寶說：人生第三階段，有三件事一定要避免——一、不再投資；二、避免老年沉迷賭博；三、和愛情說再見。

為什麼？我問小寶。他說這三件均屬冒險事件，最冒險的事，讓年輕人去做，我們老了，過一些屬於我們的優雅生活，老人要老得有尊嚴，每天設法好好呼吸，做一個旁觀者即可。

但吸收新知仍屬必要，讀書、回憶，嗯……享受美好的黃金歲月。

突然又想到，世上多的是超過九十之人，這又怎麼說？所謂人生三階段，小竇說人若能活到九十歲，是完美人生的圓滿，九十歲是人生的基本盤。父母合體，多不容易才生下我們，當然要珍惜自己的身體，從誕生到九十歲，還繼續活著，說起來，這樣的人可稱為孝子，他們把受之父母的身體髮膚保護得很好，上天於是又加贈給他們紅利，讓他們繼續在世上存活，這得來不易的紅利，我們更應心存感激，多活一天，多做些對世道人心有益之事，才不辜負老天的恩賜。

——原載《聯合報》副刊（二〇一八・元・三十一）

輯三

世界怎麼了？

這個世界總而言之

是秀才遇到兵，有理講不清

前國防部長　俞大維

山崩地裂，或暴風雪……自古即有……

春天繼續開花，秋天的月亮仍然高掛天空，

世界自洪荒年代一直如此，

是人天天在地球上製造是非，人的無止盡爭鬥，

讓世界傾斜且搖搖欲墜。

我們活著的小世界

「微笑吧，微笑的人多了，憤恨的心就少了。」這是我寫在自己書上的一句話。

二〇一三年，我眼中風，後來突然有一天，又發現自己的手，居然無法將後褲袋的錢包掏出來……就在同一年，牙齒三頭兩天發炎，一個人，不停地往三種性質不同的醫院，等著看病的同時，眼前看到的全是和我一樣的老弱婦孺，而且都是生病的老弱婦孺，格外感受到人的脆弱和人間疾苦，但我一向堅強，不願被病魔打倒，用文字安慰自己，希望正向能量釋出，仍然能做一個背脊挺直的人。

但人是群體性動物，不可能僅以「獨善其身」為滿足；總希望自己好，別人也好。我們周遭的大環境，在在影響著每個人的生活和想法——臺灣在九〇年代以前的五十年，是一個普遍勤奮向上的族群，但進入新世紀後的近二十年，受到西方逸樂思想的薰陶，以及本身經濟環境改善的影響，往日爬山似向上奮發努力的人減少了，大家嚮往四處遊樂，整個社會瀰漫一股好逸惡勞的頹風，不事生產，只想不勞而獲，加以政治人物興風作浪，追逐權力，貪污腐化，弄得整個社會上行下效，負面新聞頻傳，近一、兩年變本加厲，譬如日前在報上讀到這樣一條新聞：

四十九歲許姓男子，不滿黃姓友人向他借了三千元，多次催討不得，於某日下午到黃住處當面要錢，仍未達目的，越發生氣，加以討債前又喝了些酒，順手拿起屋內板凳將黃男打昏，再拿刀猛刺他頭、臉、肛門、陰囊，連續砍十七刀，等到被人發現時，黃男的兩個睪丸都被割掉了，雖送醫，仍回天乏術。

彰化地院依殺人罪判他無期徒刑，褫奪公權終身；但臺中高分院合議庭審酌，許男持有臺中榮總鑑定的「酒精使用障礙症」，因此獲認，是酒精引發他的精神症狀，犯案時辨識行為能力已顯著減低，依刑法規定減輕其刑，二審改判有期徒刑十八年，可上訴。

是什麼天大仇恨，要把自己的朋友殺死，而且還要用刀刺他的臉，割他的肛門，更離譜的，連男人藏精之源的睪丸，竟然也被他切了下來。

我稱他們是朋友，因為他們的交情已到了借貸的地步，若非黃男和他相當熟悉，不可能借錢給他，而所借的錢，數目並非大到影響生計，照一般情形，至多氣憤一陣，了不起從此和朋友不再來往，而許男反應如此強烈，硬要把錢要回來，要不到吵一架，揍他兩拳，總該消氣了吧？竟然，為三千元不還就要取人性命，殺了人，還要摘下對方睪丸——自己也是男人啊，睪丸乃男人之精巢，缺了睪丸，等於有槍無彈，堂堂男子，從此處有其表。

新聞看到這裡，已經覺得不可思議，想不到許男還繼續為自己辯護，他否認持刀行凶，他說，打昏黃姓友人之後，還和他一起躺在房間睡覺，醒來始發現手上握著黃男睪丸，可能酒醉無意識被他扯掉。整個過程因喝酒記憶模糊。但事實是——檢警相驗發現死者睪丸傷口切割齊整，用的顯然是美工刀。

後來檢警又查出，許男過去曾有殺鱉經驗……

這則新聞讓我省思，除了驚嘆世上為何會有如此殘暴且心理變態之人，對被殺之黃男，覺得他除了倒楣之外，說起來，冤死並非無因，第一，好手好腳，又非老殘，為何向人伸手借錢，借了錢又不還，引來殺身之禍；其次，黃男識人不清，就算日子過不去，想向朋友借錢，也該先想想對方是什麼樣的人，朋友有通財之義，但交朋友，本來就該有一種「識人」的能力；如果一開始，就想吃別人，騙別人，一旦誤上賊船，或遇到黑吃黑，於是理所當然就進入了一個一團黑的世界……

同一天報上，還有一則知名李姓女議員，涉妨公務以五萬元交保的新聞。

新聞內容儘管女議員強調自己並未喝酒，但因她前往另一前立委住處社區，狂按電鈴與其他住戶發生衝突，前往處理的警察聞到她身上酒味，且李對前來勸架的鄰長揮巴掌，還涉嫌毆打警察……

醉酒鬧事、酒駕、車禍、吸毒、放火、殺人……這些都是我們已經習以為常的新聞，也是我們活著的世界，由於天天面對，大家早已見怪不怪。

其實我和大多數人一樣，始終躲著這些新聞，只要電視上出現車禍、酒駕、吸毒或打架滋事，就轉換頻道，但有些新聞標題，再麻木之人，還是會多看一眼，譬如「相約自殺，姊妹刺心」這一則：

臺中市一對三十五歲和二十七歲連續四年患病的姊妹，得了憂鬱症，平日感情甚篤，雖以藥物控制，情緒始終不穩，兩人日前相約並非上街一起購物，或去看場電影，而是相約自殺，妹妹一刀刺心，當場斃命，姊姊自刺多刀，心肺均受傷，痛到求救，送到醫院，雖有意識，至今未脫生命危險。

圍繞這則新聞的同一版面，還有以下數則：

一、老公負債自焚，老妻得知丈夫尋短，立即從九樓住處跳下身亡。

二、花蓮二十六歲劉姓男子與張姓友人疑有糾紛，酒後於凌晨持西瓜刀翻牆潛入張家尋仇，未料屋內四隻小狗狂吠，劉男持刀砍死了其中兩隻。

三、高雄市莊姓夫妻疑因債務壓力輕生，一死一重傷。

四、檢調偵辦萬華警分局警員涉嫌包庇黑道開設賭場案，繼收押白手套曾某後，查出專門查緝賭博與警察風紀的督察組警員江某多次向天道盟分子洩漏臨檢情資……部分員警還涉嫌接受性招待……

五、樂陞案造成兩萬名投資人遭坑殺，許金龍滔滔答辯二十小時，堅稱自己無罪，但檢方指他態度惡劣，請求重判三十年。

根據統計學，在每一個年代，每一個國家，凡人組成之社會，一定會有犯罪案件，只是過於頻繁，一、兩天之內，就有報導不完，令人髮指的社會事件，總是讓人心生不安，前述所記，都是民國一〇六年十一月二十九和三十日，《聯合報》上刊出的社會新聞，其實，三十日的《聯合報》上，除去割罣丸事件，還有兩條酒駕撞死人的消息——其一，實踐大學應用外語系一位許姓男大生，凌晨獨自飲酒開車回家，在士林文林路口，高速闖紅燈撞擊一輛停著等紅燈的機車，機車上一對情侶，女死男重傷，男生是重金屬樂團 Beyond 的主唱，女生經營服飾店，是家中獨生嬌嬌女。

另一位簡姓男子，從嘉義開車回家，因喝酒，不幸撞擊路旁行道樹，坐在副駕駛座上的林姓女性友人慘死車內。

酒駕、割罣丸的新聞旁邊，還有馬英九前總統卸任後官司纏身的消息——這一次，他又為三中案，首度被傳，偵訊超過十二小時。

這是我們活著的世界……如果盯著電視，還有更多荒唐、離奇說不完也寫不完的類似「新聞」，以及關於獵雷艦撲朔迷離的謊言連環爆……

一個國家，人民有納稅的義務，但國家也需保障人民生活平安；人生在世，誰也無法避免意外事件，但總應設法預防，而我們活著的世界，卻有那麼多人不珍惜自己的生命，且常常做出危及別人生命的行為，說起來，這樣的社會，病情已經不輕。

世界上有許多火藥庫，日日戰火頻傳，人民因而流離失所，四處逃難，成為有家歸不得的人球，臺灣幸虧數十年沒有戰事，大家原可過著安定生活，但這幾年，經濟遠遠落後亞洲國家，常年低薪，讓年輕人看不到希望，更有甚者，畢業即失業，成了啃老族，使得少有積蓄的老年人心感恐慌，至於中年失業，或家中唯一賺錢的人突生意外，家庭頓失棟樑，這樣的家庭越來越多，當然也成了社會問題；更嚴重的，吸毒人口年輕化，毒品隨處可得，吸毒者如果缺錢，騙術大全出籠，騙不到，開始偷搶，如果再喝酒壯膽，於是天不怕地不怕，任何壞心眼勾當都敢做了，當此等鼠輩橫行，社會還會安寧嗎？

我們都在同一條船上，船上掌舵人看清楚了前行的方向嗎？或者說，船上不少人病了，需要一隻援手，此時要緊的是彼此幫助，而不是請一隻鬥雞做自己的發言人，成天讓船上之人更加對立，說一套做一套，只會讓人心寒，更不可假正義之名，做不義之事。

船上的人，誰都有一雙眼睛，掌舵人啊，你要讓船上活著的人平安還是心慌？請不要讓醜陋遮蔽了原先我們可以看到的美麗世界。

——原載《中華日報》副刊（二〇一七．十二．二十三）

我們活著的大世界

學生時代，可能受教科書影響，腦海裡根深蒂固，存在著「中美英蘇法」——世界五大強國的印象。

這種現象應該發生在二次世界大戰（一九三九—一九四五）之後，這五個戰勝國，在聯合國安全理事會都是常任理事國。

世界局勢瞬息萬變，五強隨著中國的國共內戰，英國的殖民地紛紛獨立，法國因非洲殖民地阿爾及利亞發起獨立戰爭，亦元氣大傷，加以強人總統戴高樂下台後，山頭林立，群龍無首，從此法國亦一蹶不振，所以最後僅剩下美國和蘇聯兩個超級大國，前者走開放的資本主義路線，後者走極權的社會主義，體制和經濟策略完全不同。

二戰結束兩年後，一九四七年，美國總統杜魯門提出「任何地方出現極權或共產主義，美國都要擔當起世界警察的責任」，是謂「杜魯門主義」，一般認為世界自此展開長達四十七年的「冷戰年代」。

冷戰的名稱來自於美蘇兩國相互較勁，雙方卻從未正式開戰，兩國均積極研發核子武器，雙方不動武，彼此都深知核子戰一旦開打，毀滅後果無法想像。

冷戰結束於一九九一年蘇聯解體。

自此，美國成為世界上唯一的超級強國。

美國的霸權維持到二十世紀末。想當「永遠的大哥」其實並不容易，何況幾次捲入韓戰、越戰，特別是為了鏟除利比亞強人格達非、伊拉克的海珊，兩伊戰爭幾乎讓美國自綁手腳，而美國更作夢也想不到的是，一九六六年毛澤東發動文化大革命導致一窮二白的中國大陸，竟然自二〇〇八年起以飛躍之姿，重新進軍世界舞台，並成為與美國並駕齊驅的超級強國。

國際局勢，有時讓人霧裡看花，二〇一七年十一月八日，美國總統川普到中國北京訪問，國家主席習近平夫婦以最高禮遇在北京故宮接見川普，兩人不但擁抱還緊緊互握雙手，川普深受感動地說中國是他最好的盟友，沒想到不到半年時間，川普總統突然簽署備忘錄，對現值六百億包括一千三百項輸美產品，聲明加徵百分之二十五的關稅，大陸亦不甘示弱，表示願「奉陪到底」，並立即祭出一百二十八項產品報復關稅，回擊美方，自此，兩大強國正式展開貿易戰。

似乎，新的冷戰年代，再度光臨。

冷戰的另一面，雙方為防擦槍走火，彼此都在布署軍事實力，三月二十三日美國一艘馬斯廷號驅逐艦在南沙群島美濟礁十二浬水域挑戰大陸的主權聲索，大陸立即還以顏色，重申中國對南海諸島擁有絕對無可爭辯的主權，隨即派出五七〇、五一四兩艘軍艦展開驅逐……就在同一天，大陸海軍以迅雷快速方式在南海展開海軍實戰化演練，三月二十六日路透社又拍到另一艘前曾繞臺的遼寧艦，帶了四十艘軍艦和潛艇，在海南島附近形成大型編隊演習，顯然是向美方示威。

一九四二年生於英國牛津的著名天體物理學大師史蒂芬·霍金，於二〇一八年三月十四日過世，享壽七十六歲，霍金於二十一歲劍橋大學求學期間，因罹患肌萎縮性脊髓側索硬化症，即一般所稱漸凍人症，但霍金不向命運低頭，持續其學術研究，並保持常人心態——結婚、生子，於一九八八年完成科普巨著——《時間簡史》，成為全球最暢銷的天文科學理論書籍，狂銷二千五百萬冊，他的宇宙黑洞論——上帝把我們丟進一個看不見的地方，以及地球在六百年內將會變成一個火球。這位被稱「輪椅上的天才科學家」，他認為「人工智慧」（ＡＩ）的發展，必將導致人類文明的毀滅。

機器人從「掃地機器人」到端咖啡、送茶的「服務式機器人」，已快速發展到「面部」有表情，且會思考有靈魂的「聊天機器人」，而「性愛機器人」予人的快樂，幾乎已讓宅男宅女更不想面對真實社會煩人的戀愛戲碼，甚至有人預言，即將出現「機器人妓院」……以後的人類，就算寂寞，也寧願向機器人尋愛，人和人之間，是兩個孤獨星球，誰也不想搭理誰，而ＡＩ一旦朝軍事化前進，大量生產「戰爭機器人」，那麼，有一天「機器人」反噬人類，將不是空穴來風。

「地球未來一定會毀滅，」但逝世的霍金在離開人世前還是給了人類希望，他說：「在美麗浩瀚無垠的宇宙中，還有許多其他形式生命的星球。」

他的意思無非是說：人類未來無法繼續居住在地球上，必須要想方設法到其他星球發展。

霍金的警告，也等於強調更多科學家預言的——地球已被人們玩完了，人類所謂征服天征服地，早已把一個好好的地球破壞殆盡，無止盡的製造武器、飛機、汽車、塑膠……污染大地，移山填海，違反大自然原則，如今大地反撲，氣候驟變，都是人類不珍惜「我們只有一個地球」的結果，而人類的貪欲，遲早會讓地球毀滅……何況中美兩大強國，正在展開「人工智慧」競賽，川普發動的貿易大戰，白宮國家貿易會主席納瓦洛在談到和大陸爭霸的這個戰略時，ＡＩ已被擺在首位。

而戰爭為人類帶來的殘酷殺傷力以及無窮的苦難，也永遠得不到所謂「歷史的教訓」，只要有人類，世界就會永遠有戰爭。

遠的不說，眼前就有新的戰事發生，敘利亞內戰爆發七年，由於美國和俄羅斯，分別支持敵對的軍政府和反叛軍，四月十三日美國聯合英國和法國以一百枚戰斧飛彈轟炸敘利亞，理由是敘利亞軍政府阿塞德總統涉嫌以化武毒氣攻擊東古塔區杜馬城平民。

美國川普總統，自己「內憂外患」──「通俄門」官司之外，又有性醜聞纏身，連AV女星丹尼爾絲雖付了十三萬元的封口費，卻又開始爆料……此時此刻為轉移焦點，喊出正義口號，敘利亞就成了倒楣鬼。

一個國家自己若不爭氣、不團結，如清朝末年，如以前的南韓和北韓，如當今內戰連年的敘利亞，於是只好任人擺布。

北韓金正恩，此人說來也是天賦異稟，他硬是不信邪，管你美國老大或中國大阿哥，我就是要研發自己的核子武器，誰也不相信，他會玩出什麼把戲，但年前戲碼翻轉，不但即將成為川普座上賓，沒想到半路加演一場全世界吃驚的戲碼──怎麼連當今世界最紅的習大大也要以最高禮數歡迎他，南韓北韓也突然握起手來，說世界翻雲覆雨，這時不禁還是要想到我國最古老的一句話：做人當自強！人若沒有實力，別人要怎麼整你，也就只好乖乖被人整。

說來說去，我們活著的大世界，其實就是一個宇宙舞台。

舞台的背後是大山大海，是大自然的風雨雷電，就像為舞台配了燈、打了光，舞台上的風風火火，每一個大大小小國家，都像一齣齣戲碼裡的各方人馬，八仙過海、各顯神通，人人都想露一手，人人都爭著當主角，歷史、地理，刀光劍影……如今早已轉換成核彈、飛彈，不過當今檯面上的習近平、普丁、川普、梅克爾、馬克洪、梅伊、安倍晉三、杜樂蒂……想想歷史上留下的聖哲和奸巧，到底自己留給後人的是無限追思懷念，還是萬世罵名，午夜夢迴，如果這些人物肯靜下心來細細想想，自己的所言所行或許就不那麼荒腔走板了。

——原載《中華日報》副刊（二〇一八．七．十七）

輯四 讀書真好

幸虧讓書保存了下來，
書代表精神文明，
人類的優質文化，
書為人類保留了一個烏托邦。

如果你不想看到外面世界人和人的鬥爭，
暫時關起門來，讀一本好書，
啊，你會突然覺得活著真好！

比我大八歲，真好！

——讀《活著真好——胡子丹回憶錄》感想

九十歲的胡子丹最近雙喜臨門——去年十月六日剛和申如玉女士新婚，今年三月一日又出版新書《活著真好——胡子丹回憶錄》。

胡子丹於民國五十四（一九六五）年三十七歲時創辦天人出版社，是我的同業，也是我的前輩。他的創業書《如何在四十歲以前成功》，是我五十多年前就讀著的書；籍貫安徽蕪湖的胡子丹，生於民國十八年，比我大八歲，因為比我大八歲，他的生命歷練和記得的事，比我豐富許多，譬如他書中有一篇〈中國書城十五年〉，歷歷細數「中國書城」從創辦到結束，前因後果，林林總總的歷史，讀後讓我獲益又心服，他怎麼可能記得那麼多的細節，甚至每家參加成員，他也清清楚楚詳列人名，透過此文，帶領讀者進入時光隧道，時間拉到七〇年代——一九七〇年六月二十六日，在西門圓環中華商場附近的亞洲百貨公司地下室（成都路一號）成立了由三十家出版社共同經營的「中國書城」，這是臺灣出版業破天荒的合作，還成立了一個管理委員會，由當時擔任國語日報發行人的何凡（夏承楹）為主任委員，傳記文學社長劉紹唐，大學雜誌發行人及環宇出版社的陳達弘，以及志文張清吉、皇冠平鑫濤、林白林佛兒、晨鐘白先敬、晚蟬陳星吟、水牛彭誠晃、大江熊嶺、天人胡子丹……一一現身。

七〇年代是臺灣出版事業最巔峰的年代，出版社多，雜誌社多，報紙只有三大張，最有影響力的反而是副刊，那也是一個最具文藝風的年代，民眾對知識渴望，大人讀報，小孩讀各種類別的書籍雜誌，小小臺灣，文化水平特高，從鄉間到都市，書報攤鋪天蓋地，二十一個縣市，只要走出火車站，馬路兩旁一定有書店，單單臺北市重慶南路一條街就有一百多家，一本普普通通的小說，動輒銷路超過一萬本，十萬本以上的暢銷書也比比皆是，除了大眾讀物，像禹其民、金杏枝（馮玉奇）的言情小說如《藍球．情人．夢》、《冷暖人間》之外，牛哥的漫畫或以李費蒙為筆名寫的小說《賭國仇城》和《情報販子》一樣人人爭讀，瓊瑤、李敖、柏楊的書也洛陽紙貴。文星雜誌、傳記文學和純文學出版社出現後，知識性和歷史傳記以及文學讀物，也都風起雲湧，引來眾多讀者，所以當「中國書城」這樣以大型賣場出現，立即出現一陣跟風，如在館前路有「全台書城」，在武昌街有「中華書城」以及「世界書城」、「出版家書城」和「黎明書城」，一時臺北市書城處處，而最具影響力的還是「中國書城」，一直到一九八六年結束，十五年間，據胡子丹回憶，「中國書城」至少有三件事值得大書特書，其一，代表臺灣出版界參加國外國際書展，奠定後來歷年舉辦的國際書展活動；其次，為「中華民國圖書出版事業協會」成立催生；還有，首創音樂晚會與愛書人同樂。

單說這第三項——一九七三年六月九日，「中國書城」為慶祝成立三周年，於中山堂舉辦大型「讀者聯歡音樂晚會」，共襄盛舉的共有六十九家書店和出版社，絕大多數都是「中國書城」成員，大會主持人即胡子丹，另由台視「青春旋律」主持人余光，擔任節目主持人，晚會除由當時最受歡迎的一流影歌星表演和歌唱節目，並準備大量獎品，贈送出席讀者，抽獎主持人為張小燕與孫越。在讀書出版史上，這又是破了紀錄，從民國成立，到如今一百零七年，如此為出版界舉辦的大型晚會，從未再讓愛書人開開眼界。

十五年的「中國書城」，只有胡子丹頭腦裡還存放著曾有這些人的參與——書法家王壯為為「中國書城」題字，以及黃根福、黃根連昆仲（巨人）、常效普（普天）、王吉隆（詩人綠蒂，長歌）、周思（三山）、文忠輝（軍事譯粹）、林春輝（光復）、林洋慈（國家）和華武駟（天同）等。

九十歲的胡子丹，自小坎坷，他一生受盡屈辱，只因生在民國十六年，剛滿八歲，就遇到日本人侵略中國，爆發七七盧溝橋戰爭，從此開始他的逃難人生，二十一歲，投效海軍，在艦上服務，某次上街邂逅海訓團同學宋平，就因宋平在香港寫信給在左營同學陳明誠，信中附筆向胡子丹致意，就此糾纏一生，被誣認為政治犯，關進海軍情報處臨時羈押站，不久又遭移往綠島「新生訓導處」，遲至一九六〇年，三十二歲時，始離開綠島，莫名其妙被關十一年。出獄後成為臺北市遊民，露宿街頭，先後當過三輪車夫、臨時演員、擺地攤賣成衣……

還好胡子丹一生意志堅定，在任何情況下永遠繼續向前，一生學習，十七歲時就因緣際會在青島美國第七艦隊協辦的中央海軍訓練團學習美式一對一密集教育，打下英文基礎，特別在綠島期間亦努力自學，所以後來終於有機會創業，先辦天人出版社，不久又成立國際翻譯社。

事業有成後的胡子丹，一直在國際翻譯社上班，八十四歲停止了三十多年的打網球生涯和四十多年的開車習慣，但他不願意從此成為弱勢老人，重新展開新的人生，買了一台運動腳踏車，晨起，每日踩踏六百下，另外，開始學彈鋼琴，讓自己腦筋靈活，至今已五年。

胡子丹說：「外戰（抗日）讓我失去了童年，內戰讓我失去了青壯……」可能就因這些打擊，激勵他的晚年生活要過得更加精采，雖然他身上已裝了支架，他還是虎虎有風地覺得——「活著真好」。

因為比我大了八歲，看來無論人情練達或人生智慧，都比我開朗豁達，薑是老的辣，所以子丹先生，讓我向您致敬！

——原載《中國時報》人間副刊（二〇一八・三・二十九）

紙本書的自然消失和被消滅

——我讀《撕書人》

不讀書的人家裡，就是有一種清爽。

——德彥

德彥是伍軒宏小說裡的主人翁。

「一個家，應有家庭空間的感覺……德彥他們家始終以書本為主，像是一個放書的倉庫，人已經被擠到次要的地位，幾乎被逼到牆角，無法喘息……」

伍軒宏用他創造的小說人物，說了這句存在他心裡的話，書名《撕書人》，更展現初顯身手的作家，他想要向世界宣示些什麼。

可這真是一本有意思的書。伍軒宏顯然是大將之才，一個非常簡單的丟書、棄書、撕書概念，他可以用如此普通的材料，寫成一本無比豐富之書，更難得的是，他把它寫成一部長篇小說，小說是虛構，重在想像，更需才情，缺此二者就失去了創作的力道。放眼當前文壇，喃喃自語者眾，創作者勇氣雖夠，就是忘了讀者的存在。

伍軒宏從一九八三年寫出第一個短篇〈前言〉，到二〇〇八年交出第六個短篇〈異質海邊〉，二十五年中只寫過六個短篇和幾則書評導讀，然後中間隔了十年，文學創作完全停滯，照伍軒宏自己的說法是「被學術研究吸引，就一路往學術方向走去……」。二〇一八年卻突然丟出這麼一部超過十五萬字的長篇，字數多也不稀奇，長篇小說難在要讓人讀得興趣盎然，且言之有物，可就不簡單。

《撕書人》共十五章，第一章〈蔓生之書〉，開頭三行：

> 這是沒有書的年代。
> 可是他家裡塞滿了書。
> 他想把它們全部丟掉，就這麼簡單。

故事從此展開，除非你不翻開，伍軒宏彷若魔法師，他就是有本領捉住讀者眼睛，急著往下讀，自此我們已被他綁架，成了他的書奴。

不錯，這本書裡除了少數不讀書的人幾乎都是書奴。伍軒宏筆下的兩組人馬全困在書堆裡，無論是紐約葛麗坊書店主人彼得或打工留學生佐夏，以及住在臺北德彥的父母，為逃避滿屋子的書，他們不得不躲到花蓮，希望兒子德彥全權將那些丟不完的書，趕快處理掉。

展讀伍軒宏的《撕書人》，讀者會發現真是賺到了，原來不知不覺間我們竟然像讀了兩本小說。一本故事發生在紐約，一本故事發生於臺北。兩本書兩種風格，前者是科幻小說，後者是愛情小說，而愛情小說進行的同時，你會發現，怎麼還有一個不同的愛情故事也悄悄在發生……

而牽在一起的是書——為什麼是書呢？因為網路年代崛起，「我們正處於重要的替換狀態當口」，紙本書的生命已經走到盡頭，「人們的思考習慣，閱讀成規，思維方式，甚至對於知識的需求，都已經因為媒介的全面電子化改變。紙本書已不再被需要。書本建構的知識形式，已經結束。」

天啊，影響幾個世紀人類思想的書，不是「文化的核心，體制的基石」嗎？怎麼眼看新科技革命，紙本書就要在我們眼前消失。伍軒宏以ＡＢ書的套裝方式，將紙本書的「臨去秋波」，以幾個愛書和棄書的故事串在一起，一方面緬懷先賢留下的經典，另一方面，顯然也是一種告別的儀式。

剛好自己正是從事出版的人，讀這本小說，書裡許多情節，彷彿在說我遇到的和正在發生的事。七〇年代末，延續到整個八〇年代，臺灣出版事業巔峰，由於讀書人口眾多，許多書一印再印，動輒十數萬，甚至數十萬冊，幾十年累積下來，所有出版社倉庫裡幾乎都堆滿了書，作夢也沒想到手機時代來臨，全盤改變人們閱讀觀念。

一向與文字為伍的人，怎麼想到這世界真有「釜底抽薪」的事情——回想信義路國際學舍書展的年代，讀者排著隊買書的記憶明明還留在腦海，那些長大了的愛書孩子，後來到底去了那裡？怎麼再也看不到他們逛書店的身影——你是在說笑話嗎？整個臺灣還有什麼書店可逛嗎？

是的，書店都關門了，但出版社倉庫的書還在。據說，十九世紀以來，一直存在著能操控書頁飛舞的人，於是我多麼希望《撕書人》中的佐夏——一個一次能閃電式撕毀三千六百本書的超人，能從書本中走出來，到我出版社的倉庫，向永遠賣不掉的書施展魔法，讓書立即灰飛煙滅。

當前臺灣整體出版事業的營業額不到過去的十分之一……有些人說，只是載具不同罷了，讀書人口還在。本書作者借著小說中人物回應，「電子書雖然叫書，內容文字跟紙本書一樣，讀電子書感覺只是在讀文章，而不是在讀書……」

而我更要強調：網上讀書，經常只讀幾段或挑著讀，說來說去，所謂網上閱讀，僅能說是在查資料而已！

寫小說不是寫論述文，伍軒宏的快樂，在於他能創造人物，正反辯證，都可由他說，書的妙趣無窮，有時書甚至會使男性勃起，對女性來說，書也會成為催情劑，德彥的幾段愛情，女友們最初都因他家無邊無止的書而吸引，於是在書前寬衣解帶，可久了，最後還是會厭倦，離去時總會加一句：「再也受不了這些書了！」

整體來說，作者並未為紙本書說什麼好話，反倒說了一大堆「讀書有害論」——讀書讓人變得孤僻，何況書本身具有一種破壞力，專心讀書的人總是疏於身體管理，不太注重穿著，讀書也會製造人和人的距離……

曾經我也不止一次說過，小說家必須是個雜家，什麼常識都得懂，知識更要豐富，伍軒宏具備小說家細密的觀察力，他連臺北的河流已經長期不能航行，都瞭然於胸，他不但是老臺北，也是老紐約，他把兩個城市的特殊性都寫得絲絲入扣，特別是紐約，有追逐新潮，帶領潮流的地方，也有老城市的陰森，上天入地，他幾乎可以寫一本「紐約導遊手冊」。

在論及悲劇和喜劇，即使是論述「空」和「空間藝術」，作者都能語含禪味，作為一位小說家，伍軒宏筆下不論男或女，都能表達其哲學觀，在批判中，以趣味的情節推展，居然「書的面面觀」，或正或反，可以小說方式展示，不落俗套，且妙趣橫生；我在想，紙本書的消失，是一個世界性的焦點，伍軒宏以如此宏大的文化議題，來寫一部充滿戲劇化的小說，且加入異國情調，建議已揚名世界的大導演李安，可以此小說為藍本，改編電影必然造成世界矚目（小說中還有林懷民出現在紐約街頭，電影也就理所當然可以請雲門主人軋上一角）。

小說第十章──〈不讀書的女人〉更可單獨當一個獨立短篇來讀，光是那場「空屋性愛幻想」，亦可拍成韓國導演金基德式的臺版《空屋情人》，何況還可拍出羅馬小番茄漫天飛舞的瑰麗畫面。

《撕書人》對現代文青來說，它也像一個「小書庫」──書中前前後後出現了許多現代的、古典的各類書名，以及小說與戲劇的比較，透過一批又一批的「丟書書單」，讀者如果對那些書的內容和情節熟悉，讀來會更加趣味無窮。

──原載《中國時報》人間副刊（二〇一八．四．二十七）

讀子于，懷念傅禺老師

——兼評〈省城高中宿舍裡的私密〉

人和人的緣分最難捉摸，子于（傅禺）是我讀育英中學時的老師，但他教的是數學，我對數理化毫無興趣，特別是數學課，避之惟恐不及，因此所有的數學老師，我都敬而遠之，子于雖然未直接教我數學，看到他，還是趕快敬個禮，就躲得遠遠的……離開學校許多年才聽說文壇有個寫作的子于，居然是我中學時教數學的傅禺老師，深感生命有些不可思議。

子于是七〇年代十大小說家之一，除了他另有朱西甯、司馬中原、彭歌、段彩華、白先勇、舒暢、邵僩、七等生和楊青矗。

可十人中，如說寫性心理的小說，子于一定是冠軍，沒人比得過他。

子于是老薑，寫的一些情慾小說，不但麻辣，色香味俱全。

可他又是正宗的文學，你不能說他寫的是色情小說。他寫人性，把人性寫進骨頭裡。人生的酸甜苦辣，人的七情六慾，全在他的筆下自自然然地流瀉出來……

四十八年前，也就是一九七〇年，我在林海音先生主編的《純文學》月刊上讀到子于的短篇小說〈火燒雲〉，剛好那年月，我正展開「年度小說選」編選工作，徵得他同意，將〈火燒雲〉編入《五十九年短篇小說選》，文末寫了幾行短評：

〈火燒雲〉寫性的隱形力量，性在人們骨子裡騷動著。有些人在不知不覺中被它操縱，終而作了它的奴隸。

子于先生讀到了，立即有了回應，他說：

說得自然很有見地。如果只說到性。我倒想到何必「有些人」哪是在「不知不覺中」。該是有好多人，人的大部分，不管他們自覺還是不覺。終會被性操縱著。不被操縱的才是變態。開始到完了全是它的奴隸。跟信教的人說是神的奴隸一樣。

人被操縱是太平常的事了。

一般寫性的小說，總是直擊男女情慾。〈省城高中宿舍裡的私密〉又有不同，他寫一個少年，和比他大七、八歲的大哥哥攪「那事兒」——一件讓他討厭的事兒，可又無時無刻無法「擺脫」——說「擺脫」一點兒也不恰當，以第一人稱自述的少年，其實早就被「操縱」了，是的，被「性」操縱——原來，「性」，早早就能「操縱」我們，自小到老，老到如果有一天能完全「擺脫」，那代表肉體已經衰亡，只有衰亡的肉體可以不受「性」的操縱。當你仍受「性」操縱，特別是「火燒雲的年紀」，表示你還有一顆勃勃然的心，也無疑宣示：自己仍保有一個強而有力的身體。

這篇第一人稱自述體小說，寫的是一段不可告人的同性計誘的故事。顯然是「大哥哥」圖謀不軌。讀者或許疑惑，明明小男孩不喜歡「那事兒」，為何一步一步，像「鬼迷心竅」，不停地靠近那被他稱為「壞蛋」的壞人，還故意說聲「沒意思」，而不肯跟著宿舍裡的同學到省城去看電影，卻偏要在宿舍裡獨個兒等那「壞蛋」光臨，像一塊吸鐵石，像一個收納器，子于硬是有本事，把讀者的一顆心吸住，讓我們自投羅網，亦步亦趨地自動成為他的收納物，天啊，不是說異性相吸，同性相斥嗎？看來這兩個相同性別的大哥哥和小弟弟，他們的愛恨糾結一樣打動我們的心房，小親親、小乖乖、小兔子、小騷肉……一樣撩撥得我們心癢難熬。老薑子于，幾乎完成了不可能的任務，這樣一個難入手的題材，由他寫起來乾淨俐落，儘是鹹濕場面，可又不讓我們覺得髒，只是覺得真實自然，這是人的故事，在生命的成長裡，時時可能遇到的故事。這世上有男有女，有老有小……在常情之外又有軌外之情，人本來就不一樣，你愛女人，我偏不愛女人，兩個男人，或兩個女人，一樣可以愛得死去活來，這世界的殊相，透過小說、電影或其他藝術形式表現出來，讓我們心生憐憫、同情和寬容，當然，更多人不以為然，總覺得作家什麼題材不好處理，怎麼儘挑些人生畸形故事來寫？

但人不同，作家更不一樣，你不能要求所有的寫作者都是道德家，子于說：「……一個寫小說的人，主要是把他的感受表達出來……寫小說的人……他不是教育家，也不是警察，他能把他的感受表達出來，足夠了。」

我更記得四十八年前子于說的：

人是性的奴隸
人是神的奴隸

老蕫子于，原名傅禺，天津市人，一九二〇年生於東北遼寧開原，一九八九年於美國新澤西州病逝，享年六十九歲。

偽滿時期，考入長春工業採礦學系，畢業後進入家鄉田師傅煤礦工作，一九四八年攜妻女舉家來臺，在臺北建國中學教數學長達三十年，曾出版《建中養我三十年》（大地出版社）。

子于在讀小學時就接觸魯迅的書，他的〈聰明人和傻子和奴才〉，自小在子于心底，產生深刻印象，十五歲時考進日本學校瀋陽南滿中學堂，更喜讀新文藝作品，真正展開寫作，發表第一個短篇小說於《中央日報》副刊（孫如陵主編）時，年已四十有一，但自此一發不可收拾，連續在《純文學》、《文學季刊》、《幼獅文藝》、《現代文學》和《中國時報》人間副刊發表小說，且篇篇引人注目，前後共出版《豔陽》、《喜棚》、《月暗星亮》、《芬妮．明德》、《迷茫——矬巴列傳》等長短篇小說集，並被選為七〇年代十大小說家之一。

年前，臺大歷史研究所畢業的殷登國先生，從加拿大返國，他是子于的私塾弟子，把當年子于先生寄存在他處的遺作長短篇小說以及日記七本交給爾雅出版社接洽出版，他在子于的一冊題名《風月小品》中選了四個短篇（〈省城高中宿舍裡的私密〉即為其中一篇），配合我建議將子于曾入選爾雅版「年度小說選」的四個短篇，輯成新書《飄零——子于短篇小說選》重新出版，紀念他一生致力的創作生涯。

在出版子于小說選的過程中，反覆重讀子于過去許多小說，越發覺得他是一個不應被忽視的作家。生前閃躲他，反而要等老師過世後，才覺得和他親近起來，人的緣分，怎麼說呢！

——原載《鹽分地帶》七十四期（二〇一八・五・一）

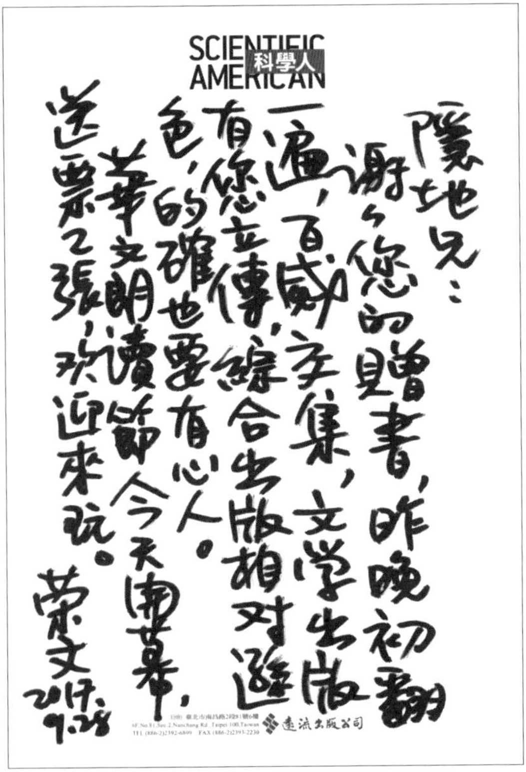
SCIENTIFIC AMERICAN 科學人

隱地兄：

謝々您的贈書，昨晚初翻一遍，百感交集，文學出版有您立傳，綜合出版相对遜色，的確也要有心人。

華文朗讀節今天開幕，送票2張，歡迎來玩。

榮文
2017.9.28

遠流出版公司

遠流王榮文收到《回到九〇年代》，也希望有人為「綜合出版」立傳。

出版界的奇葩

——為周浩正《人生畢旅》而寫

出版界分文學和非文學兩大區塊，我始終在文學花園耕耘，
對非文學這一塊欠缺瞭解，
浩正的《人生畢旅》幫我上了一堂課。

在出版圈四、五十年，我以為有關出版幕前幕後的故事，大概八九不離十，多少都知道一些，但等我先後讀了周浩正寫的幾個和出版界相關的人物，才知自己確實和出版這一行很「隔」——出版界藏龍臥虎，「智」者處處，令人讚嘆目眩。

而浩正就是出版界的奇葩。我雖和他相識四十二年，以他平日給我的印象，永遠無法想像，他後來居然成了編輯「鬼才」，「策略」高手，新點子一個接一個，讓人嘆為觀止，難怪成了許多人崇拜的編輯「周爺」。對於編輯，我只是一個編輯，一個永遠的「純」編輯，他卻突然研究起編輯「道」，而且發展出一套言之有物的「編輯學」。他

認識的人五花八門，我則只在小小的文學圈打交道。就出版和編輯來說，我只是一條小小的河流，而周浩正是大洋，他是海。

浩正有一支絕妙好筆，我是老早就知道的。一九七二年編《書評書目》初期，我讀到他評七等生的小說，立即為他的健筆迷倒，一九七六年，他的第一本小說評論集《橄欖樹》，就是由我主編的「書評書目出版社」為他出版的。可惜臺灣始終未建立評論制度，如果有固定的書評園地，周浩正絕對是一把好手。

他和我一樣，都曾為臺灣的文學批評和書評努力過。離開《書評書目》後，他獨立主編由傳記文學創辦人劉紹唐在幕後支持的《新書月刊》，龍應台的《龍應台評小說》書中一篇篇小說批評，全都先在《新書月刊》刊出，浩正貢獻了一座舞台，讓剛從美國歸來的龍應台大展身手、發光發熱，不久，龍應台有了寫「野火」的構想，仍然是周浩正居中牽線，促成在金恆煒主編的「人間副刊」（中國時報）上大篇幅刊出。

可惜《新書月刊》辦了兩年，仍然不支倒地。從此，周浩正南征北伐，他幾乎在大大小小的雜誌界都進出過，也包括出版社。後來他自己也當了老闆，但不久，蓬勃的出版業走入寒冬；他最後創立的「實學社」，雖然出了許多好書，最後還是走上落幕之路。

在這之前，他曾經是遠流三巨頭之一，詹宏志是總經理，王榮文是發行人，周浩正是總編輯，多麼風風火火的年代，他讓「遠流」幾乎成為臺灣出版業的龍頭。

而直到讀了他新寫的一篇近作——〈敢先生——「小巨人」沈登恩〉一文，才知，當年讓沈登恩成為出版界焦點人物的一套《世界文學全集》，原來也是出自他的構想。說周浩正是出版界的「奇葩」，還真不是蓋的。

臺灣出版圈，就我所知，都屬一掛掛，所謂一掛掛，指的是一個個小圈子，而浩正似乎從來不屬任何一掛。可讀完整本《人生畢旅》，又發現原來浩正可屬出版界的「百搭」，他可搭上任何一掛。也算出版界的奇蹟。

不是嗎？當年《王子半月刊》、《新少年》和《幼獅少年》，這些少年讀物，分屬一掛又一掛，而你會發現周浩正和每一掛都有風風水水的關係，他顯然出自他們的每一個團隊，和一夥對少年讀物充滿理想抱負的人，一起為少年讀物打拚——而新竹的楓城出版社，楓城書店，當年在新竹也都有許多死忠讀者，周浩正照樣是為新竹的閱讀風氣獻出過心力的人；還有「時報集團」，那是臺灣出版業的一個大本營，周浩正在《中國時報》美洲版擔任過副總編輯和副刊主編，他當然也屬《中國時報》這一掛，而南部的《臺灣時報》這一掛，他也當過他們的文藝組主任，並且兼副刊主編；至於從「文星集團」出來的林秉欽，等到他自辦「仙人掌」和「金字塔」出版社，又和周浩正攀上了關係，居然放手讓他創辦一本《小說新潮》，而且豪氣的對他說：

「錢的事，歸我；內容的事歸你。」

此外鄭林鐘、郭泰、蔡志忠、黃明堅、老瓊、高信疆、張敏敏……哪一個不是聰明絕頂的智者，且個個奇人異士，在周浩正筆下，成為一個個驚嘆號。

讀《人生畢旅》其實是讀一本智慧商戰之書，爾雅一向自認是一座文學花園，如今多了《人生畢旅》這本奇書，無疑是開了一朵最奇異之花，值得賞花人慢慢流連，「爾雅花園」亦高舉歡迎之手，迎接嘉賓駕臨。我們要好好重新開放，讓大家都讀得開開心心，並心生歡喜，覺得不虛此行。

周浩正雖口口聲聲自稱老了，從我的觀點看來，他仍幹勁十足，且看來熱力四射，透過他的一支好筆，讀者和出版界都需要他，讓我們高呼讀書萬歲！周浩正萬歲！

爾雅叢書 644

輯五

歌壇影壇文壇

歌壇留下了好歌聲，
影壇留下了好電影，
文壇留下了好作品，
於是我們思念好歌星，懷念好明星，想念好作家。

星沉

滿天星，亮晶晶，找不到那我的心，
你的星，我的星，混在一起分不清。
滿天星，亮晶晶，得不到那我的心，
我的星，你的星，天隔一方不相親。

這是一首四〇年代張露演唱的流行歌曲，陸離作詞，莊宏作曲，其實陸離和莊宏都是四〇年代名作曲作詞人嚴折西的筆名。嚴折西一家全是音樂人，父親嚴工上，是早年上海明星電影公司的顧問，也是四〇年代著名電影《木蘭從軍》主題曲〈月亮在哪裡？〉的作曲者，哥哥嚴箇凡，也是極負盛名的作曲家，白虹主唱的〈瘋狂樂隊〉和龔秋霞為人熟知的〈水上人家〉，都是嚴箇凡的作品。

這個家庭的音樂家，還是以嚴折西的作品最多，他又能作曲，又會寫詞，是四〇年代最有才華的書生，書讀得多，作曲寫詞之外，也會畫畫，他更有名的幾首歌曲如吳鶯音的〈斷腸紅〉，姚莉的〈人隔萬重山〉，白光的〈如果沒有你〉，逸敏的〈同是天涯淪落人〉全出自他手。

嚴折西喜歡用各種筆名發表作品，據統計，由他作詞作曲的流行歌曲不下三百首，從四〇年代穿透三個世代，一直到民國一百（二〇一一）年前後的臺灣，兩岸人的耳朵，還經常聽著由他譜曲寫詞的流行歌曲。

我還喜歡另一首嚴折西作曲、李雋青作詞，由周璇主唱的〈兩條路上〉：

在早晨走的一條路上，
只看見行人，只看見車輛。
我帶著跳躍的心
慌慌張張地向前闖。

在晚上走的一條路上，
只看見燈光，只看見月光。
我帶著空虛的心
冷冷清清向前望。

這條路是太淒涼，
那條路是太緊張，
找不到更好的地方，
我天天在這兩條路上。

這是反映抗日時期，戰爭讓人無路可走，找不到更好的地方，為了生存，只好永遠走在「緊張」和「淒涼」的兩條路上。

天上一顆星，地上一個人。小時候聽大人說，天上每一顆星，都代表著地上有一個人，當地上那個人死了，天上那顆星也就殞滅了，所以「星沉」的意思就是那個人走了。是的，天上有多少星，地上就有多少人。當繁星滿天，就像所有的人都站在廣場上，慶賀並迎接著新的一年降臨……

當星星散去，夜變得一片寂寞，於是姚氏兄妹——姚敏和姚莉，在〈蘇州河邊〉，唱出了你我寂寞的心聲……

夜，留下一片寂寞，
河邊不見人影一個，
我挽著你，
你挽著我，
暗的街上來往走著。
我們走著迷失了方向，
盡在暗的河邊徬徨，
不知是世界離棄了我們，
還是我們把它遺忘。

夜，留下一片寂寞，
世上只有我們兩個，
我望著你，
你望著我，
千言萬語，
變作沉默。

〈蘇州河邊〉由陳歌辛譜曲作詞。陳歌辛是另一位四〇年代著名的音樂家，他所創作的〈玫瑰玫瑰我愛你〉是我國第一首被譯成英文，並在全世界傳唱的流行歌曲，且登上一九五一年美國流行音樂排行榜榜首歌曲。

陳歌辛，一九一四年生於上海，年輕時英俊瀟灑，才華出眾，少時即博覽群書，學貫中西，他是「海派文化」的代表人，作有二百多首膾炙人口的流行歌曲，他的〈夜上海〉、〈初戀女〉、〈永遠的微笑〉，至今，還時時能在收音機和電視上聽到，而〈高崗上〉一曲，前幾年經阿妹重新翻唱，又一度成為新的流行歌曲。

嚴折西走了，陳歌辛走了，這些寫歌的人都走了，就像天上一顆顆的星都散去了，夜又變得一片寂寞，還好，歌還留在人間，但歌也寂寞，如今沒聽到還有什麼人在唱，連歌星也不會唱了，新的歌星唱著新的歌曲，對像我這樣的老人，還是覺得老歌好聽，不接受新的歌聲，是否代表跟不上時代了？

說到「星沉」，我會想到《回到七〇年代》第二〇四至二〇五頁那張極為珍貴的跨頁照片，那真是千載難逢的盛會，十二位超級巨星，居然同在一個鏡頭裡，容我按照照片裡自右至左的順序，將每一位大明星再細細回顧一番——

一九四九年《蕩婦心》香港首映，十二位男女影星登台合影。
自右至左：劉瓊、王丹鳳、白光、李麗華、周璇、胡蝶、陳雲裳、陳娟娟、孫景路、羅蘭（岳楓夫人）、龔秋霞、嚴俊。（左桂芳提供）

第一位穿著白西裝黑西褲打著領花的是三〇年代上海鼎鼎有名的第一小生劉瓊，一九四八年，他為永華李祖永拍的《國魂》一片，老一輩的人一定記憶猶新，《國魂》曾在臺灣上映，演過舞台劇《文天祥》的劉瓊，還演過許多歷史上的名人，如鄭成功和蔡松坡；此外，反派角色，他一樣演得唯妙唯肖，一九三八年，他為張善琨的新華影業公司拍過《武松與潘金蓮》，劉瓊飾西門慶，可見，他是一位戲路寬廣的小生。

劉瓊旁邊的女星名叫王丹鳳，也是三〇年代的影人，浙江寧波人，外號「小香墜兒」，外型頗像後來的香港女星尤敏，她主演的《無語問蒼天》和《新漁光曲》，民國三十七、八年，曾在臺放映。

然後是白光（一九二〇—一九九七）。她是整張照片的靈魂人物，也是真正的主角。所以會有這樣一張照片，原因就是白光主演的《蕩婦心》，一九四九年在香港首映——許多在上海的大明星，都為她捧場，特地趕到香港，當然，此片也是張善琨的新華影業公司鼎盛時期的代表作，有些人顯然是衝著張善琨的面子，才會出席如此盛大的場面。

白光左邊的正是綽號小咪的李麗華，當年和白光，是影壇兩大天后；這是照片中十二位唯一尚在人世，有人說「凡活著的，都是強者！」李麗華二〇一五年還榮獲金馬獎終生成就獎，還親自出席領獎。一九二四年生的李麗華，今年已高壽九十有二。

接著介紹的兩位，是在照片中央的周璇和胡蝶——周璇（一九一八—一九五七），江蘇常熟人，是歌壇最有名的金嗓歌后，歌聲從上海傳到香港傳到臺灣，至今她最有名的歌曲〈天涯歌女〉、〈高崗上〉仍在傳唱，她因歌紅而由歌壇紅到影壇，她主演的《西廂記》和《清宮私史》等，許多影片五〇年代都曾在臺放映。

胡蝶（一九〇八—一九八九）是三〇年代的傳奇人物，也是我國最早的電影皇后，從默片時代就主演《秋扇怨》，當時才十八歲，而國片史上第一部有聲電影《歌女紅牡丹》，也是由胡蝶主演。上海時期她還演過最火紅的電影《火燒紅蓮寺》，由於大受歡迎，一部接一部共拍了三十集。一九三五年，胡蝶與梅蘭芳代表當時的影劇與國劇界前往歐洲訪問。六〇年代，應李翰祥的國聯電影公司來臺拍攝《塔裡的女人》（楊群、汪玲合演）和《明月幾時有》，和胡蝶配戲的還有老牌明星龔稼農，三〇年代，他們就是最佳的老搭檔，只是當年演小生小旦，到了六〇年代，就變成飾演一對老夫妻了。

胡蝶左邊穿花背心的影星名叫陳雲裳（一九一九—二〇一五），廣東台山人，她最有名的電影《月兒彎彎照九州》，同名主題曲，許多愛唱老歌的人，至今仍會唱幾句，甚至還有人可以全首唱完，譬如汪其楣，她就有本領從頭唱到尾。

陳雲裳隔壁站著的是陳娟娟（一九二九—一九七六），是三〇年代著名的童星。五歲就出道。我十歲到臺灣，最早在「美都麗」看的幾部電影，其中有一部《四姊妹》，就是陳娟娟主演，她在片中演四妹，當年她唱的歌曲〈不老的爸爸〉，至今我還留有印象。民國三十八（一九四九）年，白光和嚴俊合演的《血染海棠紅》，她演嚴俊和白光的女兒，有一場女兒出嫁的戲，因嚴俊飾演通緝中的犯人，他只能偷偷躲在暗處，流著淚，遠遠偷望穿著白紗婚服的女兒。

陳娟娟四十七歲時，就在香港過世了。

接著左邊三位女士，分別是孫景路、羅蘭和龔秋霞，其中羅蘭，是大導演岳楓夫人，龔秋霞（一九一六—二〇〇四）江蘇崇明人，十八歲加入上海梅花歌舞團擔任主唱，首部主演電影《古塔奇案》，由她主唱的插曲〈秋水伊人〉，當年轟動大江南北，一直紅到香港、臺灣；孫景路（一九二三—一九八九），北平人，十六歲起，就參加抗日劇團演出，曾演出《安魂曲》及《子夜》等數十部電影，但對我來說，她是我陌生的明星，從未看過她的電影，她是我母親心目中的偶像，姆媽生前常提起她的名字。

照片最左邊的是司儀嚴俊（一九一七—一九八〇），本名嚴宗琦，南京人，生於北京。嚴俊共演過八十多部電影。一九四四年首次和李麗華合演《萬古流芳》，一舉成名，一九五二年，和林黛合演《翠翠》、《金鳳》，並擔任導演，再度成為影壇注目焦點；曾與林黛談過一段「老少戀」的戀愛，後因林黛下嫁龍五，無疾而終，一九五九年和天王巨星李麗華結婚，一九七二年因心臟病息影，一九七四年舉家移民美國，曾在餐館、銀行任職，一九八〇年病逝美國，享年六十三歲。

文壇、影壇也全都一樣，所有前行代的星兒都殞落了，曾經是一天空燦爛光輝的星，全去了哪兒，看著老電影，讀著許多經典文集，還有不時在網路上看到的老照片，都成為一則傳說，五〇年代、六〇年代、七〇年代，書裡所有的名字，有我們聽過的，大多數都已忘記了，但我不悲觀，我寧願相信，所有唱過好聽的歌，作過詞，寫過曲，以及不論寫書、畫畫的藝術家們，所有曾經為這活過的世界種過花、留下花香的人，全都去了一個更美麗的世界，他們唱歌的還在唱著，寫書的也都像我，都繼續快樂地在不停地寫，啊！抬頭望，天空裡的滿天星，正是他們，他們又開始閃亮，閃亮成一天空——繁星滿天……

——原載《中華日報》副刊（二〇一七·二·六）

追記：就在《回到七〇年代》出版後隔年，即二〇一七年三月十九日，李麗華在香港逝世，享年九十三歲。

回到小時候

——讀左桂芳《回到電影年代》

《回到電影年代》，是一本讓我讀得極為開心的書；《回到電影年代》也是一本讓我讀得有些傷心的書——讀這本和電影相關的書，彷彿讓我又回到小時候——許多看電影的甜蜜記憶，又全湧上心頭，啊，那些克難歲月裡的童年往事，透過左桂芳親切的書寫，彷彿我的生命也變得年輕了，明星戲院、西門町、詹姆士·狄恩和蒙哥馬利·克利夫特，憂鬱年代的少年情懷，還有聯考壓力……種種過去的光陰，怎麼一下子好像全回來了……

我甚至還想到，一甲子前，自己走在南昌街或牯嶺街，可能和左桂芳曾經擦身而過，但那時我們都是路人小孩甲和路人小孩乙，誰也不認識誰，緣分，緣分，緣分到了，有一天，仍然會相識，想不到如今她成了爾雅的作者，我成了她的出版人。

所有她書裡寫的，都是從小在我記憶中的往事——從陳雲裳的《月兒彎彎照九州》

開始，我也是在明星戲院看那部電影，時間往前推移到一九五二年，十五歲的我，看完電影回到家裡，收音機裡播放的就是由梁樂音作曲的那首主題歌，還有一首〈月亮在那裡〉，也同樣是陳雲裳在電影《木蘭從軍》和男主角梅熹合唱的歌，當年，也是人人會唱的一首流行歌曲。

少年時代，還有一首我最喜愛的歌——〈交換〉，後來才知道，作曲人就是寫〈月兒彎彎照九州〉的梁樂音。

〈交換〉除了歌好聽，詞也感人易記，至今我還記得：

月兒照在花上，
人兒坐在花樹旁。
你教我書，
你教我畫，
我報答你的是歌唱。
作書作畫是你強，
唱起歌來我嘹亮。
你的書畫我的歌唱，

這樣的交換可相當。
這樣的交換大家不冤枉。

〈交換〉由金嗓子周璇主唱，是影片《漁家女》的插曲。〈漁家女〉的主題歌，則由陳歌辛（一九一四—一九六一）作曲，陳歌辛原名陳馨硯，另有一個名字，叫陳昌壽，是四〇年代上海海派文化的佼佼者，也是音樂才子，長相俊美，才華出眾，有「歌仙」之譽。他的〈夜上海〉、〈初戀女〉、〈永遠的微笑〉……都是經典名曲，至今兩岸誦唱不停，而〈漁家女〉一曲，更是意境超遠……

天上旭日初升，
湖面好風和順，
搖蕩著漁船，
搖蕩著漁船，
做我們的營生。

手把網兒張，
眼把魚兒等，

一家的溫飽就靠這早晨。

……

兩首歌的作詞人，均係李雋青，〈月兒彎彎照九州〉亦出自他的手筆，可見四、五〇年代的上海、香港，影劇圈和歌壇，頗多騷人墨客藏身其間。

左桂芳的《回到電影年代》，從她六、七歲，因家住和平西路南昌街交叉口，左右兩邊正是早年明星和國都戲院的舊址，從小愛看電影的她，自接觸陳雲裳《月兒彎彎照九州》，自此，電影成為她一生的追夢。她能細訴五〇年代初香港和臺北兩地來來往往的影人藝事，以及所有早期電影的主角配角、導演編劇、男女演員……更神奇的是，幾乎她看過的電影，都能說出故事情節，有時，我甚至覺得她是時光中的仙子，她的小小腦袋，怎能記得住那麼多電影中稀奇古怪的舊事，好像凡事只要她看一眼，硬是什麼都可牢牢記住，啊，一點也不誇張，我要說，左桂芳就是臺北影壇的一則傳奇，也是一本活字典，任何和電影相關的事務，只要你去問她，幾乎全可給你滿意答案，所以，《回到電影年代》，頗像一本國片電影史，特別是香港早期的國片，幾位早年老影人，如周曼華、白光、李麗華、王萊……她更是知之甚詳，如數家珍，還有，她對五〇年代香港的「七大閒」——馮毅、蔣光超、李翰祥、馬力、沈重、宋存壽、胡金銓七人的來龍去脈清清楚楚，到了可為他們每個人寫傳的地步。這夥影壇奇人，個個均有來頭，儘管性格迥異，但因緣際會，後來他們結拜成七兄弟，在香港影壇皆赫赫有名，他們之中，也有好幾位紅到臺灣，成為臺港，甚至星馬地區影響國片的著名人物。

七兄弟的共同背景，他們均係一九四九年國共內戰時從大陸各地逃到香港，逃難歲月，一無所有，除宋存壽平日與哥哥同住尖沙咀，因常去該地，偶爾留宿外，恰好都住進九龍界限街一〇七號一幢舊西式花園洋房，其中一大間租給七位單身客，說他們是「七大閒」，因逃難來到香港，舉目無親，也沒錢、沒固定職業，唯一有的是「時間」，七個人只有四張固定床位，還有兩張行軍床，萬一朋友來了也可暫住，床舖不夠，他們通常分早晚班睡，視每人工作時間而定，七個房租客，共同請了一位女工為他們煮飯洗衣，卻常常付不出工資，但女工重情義，反過來還怕他們營養不良，偶爾會為他們加菜，那段苦日子，大家互相扶持，有時窘困，只好上當鋪，有一家「重慶飯店」，就開在他們附近，由於老闆仁慈，可以掛帳，結果被這夥電影界人士吃垮，到後來硬是關門大吉。

七人中，馬力是京劇名角馬連良之子，馮毅精於柔道，曾在李小龍的《精武門》中演出，沈重是影壇甘草人物，凡事不愛出風頭，卻是電影界的百搭，能演能導，對影壇軼事，大大小小均記在腦海；其餘蔣光超、宋存壽、李翰祥、胡金銓都是臺灣影壇熟悉之人，左桂芳在書中詳盡寫出每個人的奮鬥經過和成就，讓讀者彷彿進到舞台幕後，貼近這些影人身邊，知道了他們光燦背後的許多辛酸，進而更增加了我們對這些影壇大小人物的尊敬。

我和左桂芳一樣是愛看電影的人。克難歲月，苦悶年代，靠的就是電影裡的歡樂歌聲，讓我們忘卻自己的悲苦寂寞。五〇年代，整個臺灣物質生活貧乏，而我們這些跟隨父母從大陸來臺的第二代青少年，當年完全沒有娛樂生活，能吃飽穿暖就要感謝老天，而升學壓力時時讓我們喘不過氣來，在那種單調沉悶的歲月裡，幸虧還有電影。香港來的片子，經常有歌有舞，是苦悶年代裡撫慰我們孤寂靈魂最大的靈藥，所以小時候，不論白光的《血染海棠紅》、《蕩婦心》，李麗華的《千里送京娘》、《拜金的人》，林黛、雷震的《金蓮花》或穆虹、葉楓、林翠、蘇鳳的《四千金》以及尤敏、葛蘭、葉楓的《星星月亮太陽》，還有鍾情的《桃花江》，都能讓我暫時忘記自己生命中的不快樂和生活中的不如意。左桂芳書裡寫的，絕大多數都是我熟悉的，也有的，是我完全不知道的，她比我年輕許多，可是電影方面的聽聞，顯然她比我知道得更多，知道得更細，譬如其中〈永無下回的遺憾——胡金銓〉，就是一篇讓我讀了極為傷心難過的文章。胡金銓進醫院前，看起來還是一個好好的人，他先後曾於一九八六和一九九六年，動過兩次心導管擴張手術和體檢，一九九七年，他為參與商討老友李翰祥追悼會事誼來臺，也順便到青島東路拜訪國家電影資料館，就是那一次，左桂芳和他第二次見面，並有了較多接觸，知道他籌備二十年的《華工血淚史》，資金好不容易到位，左桂芳說要為他作一次口述歷史訪談，胡金銓頻頻點頭同意，但必須先到榮總再去做一次心臟檢查手術，未料兩三天後傳來胡導演於手術中意外驟逝，一九三二年誕生的他，得年虛歲僅六十七歲。

胡是我最崇敬的導演，他的《大地兒女》、《大醉俠》、《龍門客棧》都是讓我忘不了的作品，一代偉大導演，到頭來，竟未能完成他的夙願。

皇帝小生趙雷，一九二八年生，本名王育民，一九五三年從影，自從一九五七年因在《江山美人》一片扮演皇帝後，便成為影壇最著名的皇帝小生，前後演出九十八部電影，但六〇年代中期，黃梅調影片和文藝電影均沒落，武俠動作片興起，舞刀弄劍，對趙雷來說有些吃力，退而改做幕後電影發行商，不久他的結拜兄弟莊清泉在臺北德惠街開設一家大型觀光飯店——統一大飯店，與當年的國賓大飯店，是臺灣最早的兩家觀光飯店，他在統一，前後十一年，後任飯店經理，直到莊清泉去世才離開，返回香港，一九八八年應邀拍攝《義膽群英》，飾黑幫龍頭，或許戲路不對、心情不對，從此未再接新片，《義》片成為他的最後一部電影。

一九九六年因二度中風引發肺癌病逝，得年六十八歲。當年香港四大小生，除他之外，另有張揚、雷震和陳厚。陳厚，更是英年早逝；本名陳尚厚的他，生於一九二九年，上海人，一九五三年從影，擅演喜劇，與葛蘭演《曼波女郎》，與林黛演《情場如戰場》，與樂蒂演《大地兒女》，與葉楓演《歌迷小姐》，與李湄、張仲文合演《龍翔鳳舞》……陳厚曾經是大紅大紫的喜劇小生，雖僅短短十餘年的演藝生命，卻留下了近七十部作品，他曾於一九六二年和有「古典美人」雅號的樂蒂結婚，婚姻只維持六年，一九七〇年因腸癌，病逝於紐約，得年四十三。

影星雷震，是我青年時代另一個明星偶像，他和林黛主演的《金蓮花》，憂鬱體弱的形象，一直留存腦海，從左桂芳〈「憂鬱小生」雷震的君子本色〉一文，知道雷震的正直和他晚年的「閉門謝客」，想來，我倒並不意外，因為人到了某一年紀，的確會有許多改變，有時不想外出，不想再和朋友來來往往，在我看來均屬自然……

透過左桂芳的十九篇影人影事回顧，縱橫交叉的相關情節和內容，表面上，好像她只寫了二十幾位影人的故事，其實穿插在書中影劇界幕前幕後的相關影人何止百位，甚至，細數人名，幾乎接近五百位，實在驚人，如果認真研究，應該在書後附一張人名索引表，可見此書工程之浩大，幾乎從三〇年代起，國片重要影人，書中均可找到名字，說來這也是一本源遠流長的影人故事書，別的不說，單單第十九篇——〈家在山那邊——

記王琛〉，雖僅萬字左右，卻是篇極為重要的「臺灣電影濃縮史」，自一九四九年起，中華民國退居臺灣，國片從無到有，一頁最初的奮鬥史，全在這篇訪談中可找到軌跡。

王琛，原籍北平，一九二七年生，國共內戰，原在哈爾濱大學就讀的他，時年二十二歲，興起投筆從戎之心，加入大專青年軍，再轉入政工隊，與常楓、梅冬妮等人同事，四平保衛戰後，於一九四九年輾轉來臺，入裝甲兵部隊三三劇團，一九五〇年十月於臺北市中山堂公演話劇《黨人魂》，認識曾任職國民黨中央宣傳部的劇作家唐紹華，參加唐紹華在臺執導民營公司第一部影片《春滿人間》演出，從此認識焦鴻英、吳驚鴻、井淼和李行，以及音樂人周藍萍。後來農教公司改組為中影，王琛在中影新片《梅岡春回》得到一小角色，不久經導演徐欣夫提拔，和穆虹、張仲文聯合演出《歧路》，此時，香港自由影片公司負責人黃卓漢，影星林翠和丁瑩，來臺拍片，並尋覓男主角，他雀屏中選，成了《山地姑娘》和《馬車夫之戀》的男主角。本來有機會赴港發展，但那年頭，動輒政府就可不讓人民出國，他只得繼續在臺發展，為唐紹華寫了一首歌詞〈家在山那邊〉，是電影《水擺夷之戀》的插曲，由他擔任男主角。電影賣座平平，但歌曲大紅。演唱人正是他，開始走運，不久，天工牙膏公司開拍一部商業宣傳喜劇片，為了引起各方注意，特請當年有「最美麗女作家」稱號的郭良蕙擔任女主角，王琛為男主角，黃宗迅擔任導演。

一九五九年，唐紹華把李費蒙（牛哥）長篇小說《情報販子》搬上銀幕，男主角仍屬王琛，女主角則由香港請來曾演《亂世妖姬》、《狗兇手》的鷺紅擔綱。

一九五六年，臺語片興起，產量超越國語片，王琛亦開始和臺語影圈接觸，認識許多臺語影人，其中有位在廣告公司任職的張美瑤，原以拍臺語片起家，王琛向唐紹華推薦過她。剛好臺製公司正為臺灣開拍第一部彩色寬銀幕影片，張美瑤就當上了《吳鳳》一片的女主角，王琛則在片中演出山地青年一角，和張美瑤配戲時，發現外型清麗的她個性羞怯，和他扮演情侶，卻總低著頭，眼睛不敢正視自己，讓王琛演戲時感覺無法盡情發揮。

後來王琛到了香港，又遭遇許多坎坷，我要說的是，單單他在臺灣影壇奮鬥的故事，其實就是其他影人早年從影相似的投射。

感謝左桂芳寫下了這本讓人回味無窮的電影傳記書，為影人留史，也為影迷留下記憶。記憶讓我們重回少年。啊，一個人的一生，最令人永遠珍惜的還是我們純真無邪的少年時代，惟有文學名著和經典好電影，常能觸動我們的心靈，讓我們重新進入時光隧道，而一本專門回憶電影的影史，顯然亦能產生同樣效果。

可見左桂芳的筆力穿透時光舞台，她果真是一名時光中的仙子。

——原載《文訊雜誌》五月號（二〇一七．五．一）

如果沒有顏龍

——《一代妖姬白光傳奇》外一章

每周一和覃雲生聚餐，已持續將近五年；他有汽車，於是臺北大街小巷，每周一次，我們換著餐廳，讓年紀老了的我，還有機會常到一些新餐廳吃飯。

上周一，他開著車載我到南港中央研究院的上海餐廳，讓我嘗嘗家鄉菜。吃完飯，雲生又帶我到開在中央研究院區內的四分溪書坊，賣的多半是學術和歷史方面的傳記書，爾雅的文學叢書，我只找到僅有的一種——齊邦媛的《千年之淚》，倒是我眼睛尖，看到一本綽號「一代妖姬」的《白光傳奇》，買回家的當夜，一口氣就讀完了。真高興買到此書，如今臺北書店越來越少，想要買一本自己喜愛的書已屬不易，中央研究院的書店，挑書嚴格，感謝他們挑中了這本影人傳記（好像也僅此一本），由於搭了一座橋，有幸讓我擁有此書。

《白光傳奇》作者倪有純，從事影劇記者多年，曾任香港《銀河畫報》主編，臺北

《自由時報》影劇小組召集人等職。

此書難能可貴在於——作者曾於一九九七年八月十三至十九日前後，親至馬來西亞白光住家貼身訪問一周，雖然作者說：「這本書延遲了十八年才出版」，但作為老影迷如我，仍感謝作者為白光寫史；其次，作者倪有純，居然將白光先後演唱過的　百二十餘首歌詞，幾乎全部蒐集齊全，白光主演的三十四部電影的故事大綱，亦有完整資料，唯一遺憾的是，缺少一張「白光大事記年表」。

影壇最重視資料的黃仁先生，是本書的幕後催生者。倪有純將黃仁寫過評論白光的文章亦收錄書中，同時倪有純也引用不少黃仁文章中的情節，但引文和本文一起刊出，讀者讀時多少會有重複感覺，如有機會再版，應稍作刪節，全書更能收一氣呵成之效。

我自己在民國一百（二〇一一）年曾寫過一則短文〈重返白光〉——

民國三十六年初到臺北，最初兩年，臺灣和中國大陸尚未隔絕，周璇和白光的電影一部部在西門町上映，電影裡的插曲，透過收音機，天天聽，天天唱，成為兒時的記憶。

高中在北投育英中學就讀，那時歌壇是貓王普里斯萊的天下，我們改聽西洋流行歌曲，但畢業的時候，同學互相在紀念冊上抄寫歌詞送給對方，〈教我如何不想他〉變成我最愛的歌，邊抄邊唱，「月光戀愛著海洋，海洋戀愛著月光，啊，這般蜜也似的銀夜……」唱著唱著，我感覺自己完全已是一個懂得憂患人生的大人了。

後來我迷戀過一段時期爵士樂，之後開始聽管弦樂，特別鍾情巴哈的無伴奏大提琴樂曲，但近來返老還童，覺得還是周璇和白光的歌曲最好聽。

由這一則短文，顯示，自小，白光和周璇，是我心目中最難忘的兩位影歌星。

大陸尚未淪陷，父親在臺北一女中教英文，母親催他到崑山小圓莊接我來臺，十歲、十一歲，我就看了許多從大陸運臺放映的國片，如陳娟娟的《四千金》，陳雲裳的《木蘭從軍》、周璇的《三笑》等，更大一些，大概十二歲起就接觸白光的電影——先看她的《蕩婦心》和《血染海棠紅》，接著是《六二六間諜網》和《一代妖姬》，在《白光傳奇》一書中，透過黃仁和倪有純的敘述有了畫面——《蕩婦心》一九四九年在香港首映時，港督葛量洪爵士夫婦親臨觀賞，香港首席小生嚴俊擔任司儀，並有胡蝶、陳雲裳、王丹鳳、李麗華、周曼華、龔秋霞、孫景路、陳娟娟、周璇以及白光本人，席捲上海和

一九九三年八月，應邀來臺出席影展時一場餐宴合影。自左至右前排：顏龍、白光、馬芳踪、童月娟。後排：高肖梅、左桂芳、焦雄屏、香港二位媒體工作者。（左桂芳提供）

香港當時最紅的十大天王巨星同時剪綵，可謂香港影史空前盛會。那也是白光一生的巔峰時期，當時香港國語片最紅的四位明星——白光、周璇、李麗華和王丹鳳四大天后，掛頭牌，風頭最健的仍屬白光。

白光的〈東山一把青〉，隔了一個多甲子，仍然在我們周圍吟唱不停，最近文學大戲——由白先勇《臺北人》改編，曹瑞原導演的公視連續劇《一把青》勾起多少人的回憶。所有白光的歌〈天邊一朵雲〉、〈醉在你的懷中〉、〈未識綺羅香〉、〈嘆十聲〉、〈魂縈舊夢〉、〈今夕何夕〉、〈秋夜〉、〈我是浮萍一片〉、〈如果沒有你〉、〈假正經〉、〈等著你回來〉、〈相見不恨晚〉、〈你不要走〉……那一首不令人懷念，她慵懶、低沉又特殊的歌聲，對五〇年代國共內戰大陸百姓撤退來臺初期，有著撫慰和穩定人心的力量，作者倪有純甚至發現許多本省籍的老人小時候也都聽過白光的歌，可以說白光的歌聲，是外省人和本省人早年共同的記憶。

白光（一九二〇—一九九七），原名史詠芬，河北涿州人。她是旗人後代，出生和成長的時期……尚屬傳統女性大門不出、二門不邁的年代，連男性都還普遍不識字，更何況女性？但白光「大膽突破保守女性的角色，成為新時代女性的代表人物。」

小學時代，白光就對歌唱發生興趣，在學校舉辦的遊藝會上展露才華，後來考取華光中學的公費生，她也毛遂自薦，參加學生劇團演出，曾演出曹禺名劇《日出》，接著演《復活》的女主角。

後來，白光認識了在北平大學教音樂的臺灣音樂家江文也，儘管江文也原有日籍妻子，但由於雙方熱戀，仍訂了婚，只是訂婚半年後，白光發現江文也又傳出和女學生戀愛事件，憤而解除婚約。

白光離開江文也後到了日本，在日本，白光和留日學生焦克剛戀愛，也開啟她第一段婚姻，並產下一女，但由於焦克剛的父親是北平前教育部長，焦母大表反對，並以斷絕金援逼使他們分手，軟弱的焦克剛因而染上毒品，白光不得已又重出江湖，努力賺錢，一方面要養吸毒的丈夫，一方面她還要寄錢回家，因她家裡還有吸毒的爸爸。白光身邊的男人大都吸食鴉片。倪有純說：「鴉片，洗劫了白光家的財富。」

焦克剛最後也因吸毒而亡。

感情坎坷成為白光的宿命，中間幾段感情，都讓她覺得「我的一生，不應該是這樣子的……。」她在演藝事業全盛時期愛上飛虎隊的「白毛」艾瑞克，嫁給洋人，白光急流勇退，她希望過一般凡人的家庭生活，沒想到白毛也攪外遇，更讓白光啼笑皆非的是，白毛最後也染上毒癮，他生命中的男人真的都離不開致命的吸引力——吸毒。

還好，還好，老天憐憫她，最後，在白光七十歲時，給她一個小她二十六歲的男人顏龍，顏龍是她真正的粉絲，他一直守著她，照顧她的生活，當她的司機，顏龍始終守

著白光。要知道，認識白光時，除了空有昔日大明星頭銜，白光早已一無所有，他們以有限的錢，在馬來西亞買了一戶小公寓，樓上樓下加起來只有三十坪，但顏龍還是設法保有一部舊賓士車，讓白光出門不至於太寒酸。

晚年的白光得了腸癌，顏龍陪她四處看病，顏龍是替所有天下負著白光感情的男人，為他們來向白光贖罪的。白光死後，顏龍傾其所有，為白光在距離馬來西亞吉隆坡四十公里的富貴山莊砌了一座頗有氣派的新墳，墓碑上有白光長髮披肩含笑的半身像，並刻有「一代妖姬白光永芬史氏之墓」，具名「永遠愛你的知心人顏良龍」。顏良龍是顏龍的本名。最特別的，墓誌銘下面鑄有一排黑白相間的琴鍵，琴鍵上還有白光生前最喜歡的〈如果沒有你〉及一行五線譜，如今「白光琴園」——一如臺灣金山區鄧麗君的「筠園」，已成馬來西亞旅遊觀光景點。

一代奇女子，終於有一位深愛著她的人陪伴她走完人生最後旅程。人生免不了缺憾，幸虧，在生命運行中，老天仁慈，總不忘放鹽加糖，讓人生變得有滋有味，更何況中間偶爾還穿插了幸福感——譬如，讓唱「如果沒有你，日子怎麼過……」的白光，在晚年得到顏龍。如果沒有顏龍，白光此生會死不瞑目。

而顏龍，只要想到萬人迷一代妖姬，晚年居然為他在廚房做一道「大白菜炒粉絲」，做為白光粉絲的顏龍，足夠甜蜜回味一生。

註：白光原名史永芬，一度改名史詠芬。

——原載《中國時報》人間副刊（二〇一六．五．二十三）

作者珍藏超過一甲子的白光簽名照片。

從交出「一張年表」說起

不知不覺，始終為作家服務的《文訊》雜誌，創刊至今已滿三十五年，如今《文訊》又喊出「每一位作家，就是一個文庫」，一點也不錯，爾雅出版社創社四十三年，爾雅第一件推動的事，就是要為作家建立一張「寫作年表」。

剛開始推行時，頗多作家覺得「多此一舉」，出一本書，為什麼要把有關自己的各種隱私（包括出生年，出生地和學經歷）都寫出來？許多作家都這樣問我？我說：「因為作家的每一篇作品，都和自己的成長背景有關」，有了相關資訊，讀者閱讀的時候，更能貼近作者的創作心靈，增加閱讀的吸引力。

此外，一本書的出版，作家除了希望引起廣大讀者共鳴，最大心願，更可能是贏得一些知音，也就是如何觸動書評人的注目，而「一張寫作年表」，正是幫助書評人進入「作家心靈」的最好指引，而對我自己來說，由於從小就有資料癖，於是一旦創辦出版社，全力建立「作家資料庫」就成了首要目標，接著推動資訊搜尋，還展開為作家拍照，以及整理編目和書目書評的出版，幾十年累積下來，發現自己就是最大的獲益人，如今，我能持續寫書評影評，甚至完成「年代五書」，最大原因，就是在於一路走來始終重視資料。豐富的資訊，對任何一個寫作者，都是加分的必需。

當然，也有不少創作人持相反的看法，認為創作就是創作，一切以作品為主，其他都不重要，腦子裡完全沒有時間地點觀念，說起以前發生的事，只會說「那時」、「那些年」、「記得有一天」、「多年以前」……到底是那一年，什麼地點……完全說不清楚，這樣的作品，一旦有人想研究分析，要怎麼下筆？如果作家書後附了年表或人事記，對寫書評的人大有幫助，對閱讀者想清楚瞭解作品的時代背景更如虎添翼。

我手邊剛向老友覃雲生借到一套得來不易的《三十年細說從頭》，共四大冊，是大導演李翰祥留下來的寶貝。

影壇有不少奇異天才，如胡金銓，如李翰祥，均屬瀟灑的才子型人物，惜才愛才，更愛讀書，但這樣的人，有一通病——均不善理財。

李翰祥的《三十年細說從頭》居然沒有目錄，可謂天下奇書。四本書且分兩家出版社印行，第一集由臺北聯經出版公司出版（一九八二年二月），二、三、四集，搬到香港天地圖書公司出版（分別於一九八三和八四年印行），而且為何從甲出版社換到乙出版社亦一字未提，還好天地的版本，「蕭規曹隨」，一切按聯經的編排方式，連圖片的擺法，也一模一樣，除了第一集，書前有一篇由謝家孝執筆的〈由揭幕到內幕——剖介李翰祥的大作〉；第四集書末，有一篇蘇誠壽特寫——《火燒圓明園》、《垂簾聽政》的台前幕後，其餘二集無序無後記，完全靠李翰祥一人「長江黃河滔滔不絕的順流而下……」可這四大冊內容包羅萬象還真豐富，幾乎就是一部中國電影史，所有我們已記不得的大小導演和大小明星以及電影界的大小軼事，此書全可找到，李翰祥像一隻大保險箱，任何影壇珍藏祕辛，應有盡有，且記載詳細，連三〇年代影壇頂尖人物如馬徐維邦、劉瓊、陶金、白楊、胡蝶、舒適、周璇等老影人的往事，拍的電影，全在書裡有生動的描述，彷若回到七、八十年前，啊，兒時的微弱記憶之光，如今因讀這套大書全都明亮起來。

李翰祥一如胡金銓，也有一個夢；胡金銓專研明史，拍了幾部以明史為背景的影片，如《大醉俠》、《龍門客棧》、《山中傳奇》和《忠烈圖》等，但他最想拍的一部電影應該是《華工血淚史》，描寫早年華人在美國做奴工為美國修築鐵路的故事，可惜壯志未酬，一九九七年胡金銓利用在臺拍戲空檔赴榮總做心臟手術，想不到意外死於手術台，時年六十五歲。

李翰祥則對清史特別感興趣，他始終有個心願，想通過慈禧太后的專政，把她四十三年昏聵，顢頇的胡作非為，禍國殃民喪權辱國的罪行一一搬上銀幕。由於她的愚昧無知，使大清帝國江河日下——內有太平天國以及義和團對政府的反抗行動，外有八國聯軍甲午和日俄戰爭……

李翰祥希望由道光十八（一八三八）年湖廣總督林則徐奏摺上言，而引起鴉片戰爭……一一展開關鍵的歷史情節。

當年奏摺上的名句是：

煙不禁絕，則數十年後，中原幾無可禦敵之兵，且無可充餉之銀。

可惜此時邵氏財務大權已落入方逸華之手，此人摳門，對於如此大部頭大預算之戲並不積極，且李翰祥建議用林青霞演慈禧，方逸華亦不以為然。

直到一九八二年，李翰祥赴中國大陸成立「新崑崙影業公司」，重新規劃，拍成《火燒圓明園》和《垂簾聽政》。

一九九六年，應大陸影星劉曉慶之邀，開拍四十集大型電視劇《火燒阿房宮》，十二月十七日，開完工作會議突發心臟病，送醫宣告不治，阿房宮未燒，李導演已先走一步，享年七十歲。

幸虧二〇〇七年，臺北金馬獎執行委員會，邀請影評人焦雄屏執筆，為李導演出版了一冊——《李翰祥——臺灣電影的開拓先鋒》，書後焦雄屏還整理出一張「李翰祥年表」，真是功德無量。

李翰祥的「國聯時期」值得大書特書——一九六三年，原成立於香港的國聯公司轉進臺灣。國聯之名由「國泰」和「聯邦」公司之名而來，因兩家公司的負責人均支持李翰祥自組公司。

自一九六三至一九六九，共七年歷史的國聯電影公司，先後拍了《七仙女》、《狀元及第》、《菟絲花》、《西施》、《幾度夕陽紅》、《辛十四娘》、《天之驕女》、《明月幾時圓》、《塔裡的女人》、《鳳陽花鼓》、《窗裡窗外》、《遠山含笑》、《女記者》、《地下司令》、《破曉時分》、《北極風情畫》、《冬暖》、《鬼狐外傳》和《喜怒哀樂》等近三十部電影，把許多文藝作家的作品均一一搬上銀幕，如朱西甯、羅蘭、楊念慈、無名氏、南宮搏、瓊瑤、鄒郎等。

且把話題拉回來，拉回來說說關於「作家寫作年表」。

四十三年來，凡在爾雅出過書的作家，百分之八十，大概都有一張頗為詳盡的寫作年表，如蓉子、琦君、白先勇、亮軒、東方白、曉風、席慕蓉、愛亞、陳義芝、林文義、喻麗清等人，但也有些作家只願交出一份「作家簡介」，並不願將生命裡發生的大小記事曝光。也有部分作家，如東方白，剛開始並不太願意和出版社配合，但若干年後反過來向出版社編者表示感謝，因為自從為自己整理出一張「作者大事記年表」，突然發現，往後任何地方希望填報自己的各種資料，方便得不得了，自此一年年往後增補，再不必為填自己的資料而煩惱不已！

是的，當我們生下來，凡走過必留下痕跡，生辰年月及籍貫國籍，既然老天給我們一張身分證，給我們一個名字，就認命吧，寫下來吧，光榮或羞辱，都是一種刻痕，苦樂的記憶，到了老來，都是一座寶庫。尤其當你成為一位寫作者，是的，不要輕視自己，你就是一座文庫。我們都是一座文庫。文庫即寶貝。原來我們都有無限珍藏，因為我們都是一座寶庫。就算你自己不以為是寶庫，起碼也是一座文庫。你的文庫一旦到了有心人的手裡，它就會成為一座寶庫。

請寶貝我們每一個人的文庫吧！

——原載《文訊雜誌》三九二期（二〇一八年七月號）

從《十一個短篇》談起

——「年度短篇小說選」創辦五十周年

五十年前——那是一九六八年，民國五十年，我三十一歲，那是轉變我命運關鍵性的一年，那也是我活力四射的一年，許許多多事情都在那一年發生，譬如，因為警總二處李世雄處長看到我在報上發表的一篇小說，讓我主編後備軍人文藝刊物《青溪雜誌》；馬各先生離職，林海音先生，請我接他的位置，夜間兼職，到她重慶南路的辦公室，協助編輯《純文學月刊》；也是那一年，我有了創辦「年度小說選」的構想，並完成《十一個短篇》的編選工作，同年十月十七日，和林貴真小姐結婚，何嘗不是我生命中的一件大事，這些影響我後半生的轉捩點，居然都發生在一九六八年，說來真是一種巧合，更是一種奇蹟，讓我終身難忘。

而五十年後，偶然的機緣，因殷登國的突訪讓爾雅有機會出版子于先生的「八個短篇」——《飄零》，子于是我育英中學的老師，在編校此書的過程中，頗為奇特的總是回想起自己五十年前如何為《十一個短篇》的編選絞盡腦汁，啊，隔了五十年，原來我仍然在做著同樣的工作——推廣短篇小說的閱讀風潮，只是，曾經有那麼多人愛讀小說，如今讀小說的人都去了哪裡？

人，為何要讀小說？讀小說的人，都是追夢人。唯有讀小說，唯有繼續有夢，人，才不會被現實社會的油鹽柴米庸俗化了，人，隨著歲月的腐蝕，總要設法保留幾分純摯和天真，小說可以抵抗人性中的壞分子，因為讀小說會讓我們的感性流露，重新省悟自我，小說呼喚我們身體裡的靈性，一個看小說的人，比較不會麻木不仁，小說中的柔性和剛性都能打動我們身體中的善良因子，讓我們繼續維持並保有人的初心。

五十年前，我怎麼會有編「年度小說選」的念頭？說來還是要提到梅遜（楊品純）先生，他主編《自由青年》雜誌，給我一座舞台，讓我每月談論一本創作，我選擇小說，把自己讀到的好小說，和愛看小說的讀友分享，這就是《隱地看小說》誕生的緣由，有了那本書，我自此從一個創作者，走到評介小說的道路，一負一正，是得還是失？人生不可能重來，如今並不後悔，至少一路走來，從創辦「年度小說選」，衍生出「年度詩選」、「年度文學評論選」……儘管也為自己未再寫小說而遺憾，但人生那有十全十美的？

縫補一個年代

——潘壘回憶錄《不枉此生》

潘壘身為作家又身為導演，他將影劇圈一甲子的動態全寫在書裡，所有我們記憶中的明星，在《不枉此生》中全可找到他們的名字，且有他們有趣的軼事……

國共內戰，到了一九四九年五月，國民黨節節潰敗，人在上海的潘壘，不得已搭乘中興輪最後一班船撤向臺灣。

二十三歲的潘壘一到臺北，就在位於衡陽路的興臺公司服務，總務主任陸以正安置他在公司隔壁開一間專賣香港貨品的小百貨公司，擔任經理，由於是閒差事，潘壘除繼續寫他的長篇小說《紅河三部曲》，另一方面，他看到臺灣文藝界一片荒蕪，於是將從上海帶來的金條全投資下去，辦了第一份外省人創辦的《寶島文藝》，比當時頗有知名度的《野風》還早了一步，說潘壘是臺灣文藝雜誌的開拓者，一點也不為過。潘壘自己也說過：「當初若不辦雜誌，那些金條可以把整個西門町買下來。」

《寶島文藝》辦了一年，負責發行的上海書報社蘇姓老闆，每次找他結帳總是拖，拖了一年，仍然一毛錢也沒收到，出版了十二期，錢全賠光了，唯一的好處是結交了許多文友，如王藍、師範、藍婉秋、紀弦等。

雜誌停刊，工作也丟了，只好靠寫作維生，用了許多不同的筆名，但稿費收入微薄，甚至三餐不繼，有時慘到只吃香蕉度日。

後來得到張道藩先生的協助，在《文藝創作》上寫稿，數次獲得「文獎會」優秀長篇創作獎，生活逐漸改善。一九五二年，自費出版《紅河三部曲》，全書近六百頁，以越南為背景，描繪華人的辛酸血淚，潘壘從懂事到二十三歲，先是在越南海防度過童年，十四歲逃難至昆明，遇到日機的轟炸和殺戮以及生為華人在異域受到外國人的欺凌，都是血與淚的記憶。

越南海防，有小巴黎的美名，潘壘所以會誕生在那裡，原因是父親潘肇連先生，廣東合浦人，原是漁船水手，因參與推翻滿清工作，在一次接應行動中走漏消息，為了躲避清兵，躍入海中，靠著一塊浮木漂流整夜，第二天上岸，已到了一個新的國度—越南，從此他再也沒有回到自己的家鄉。

出生於一九二六年的潘壘，先做作家，後做導演，兩項工作，兩種興趣，都幹得有聲有色，發揮得淋漓盡致。

他的另一個長篇《魔鬼樹》，二二四〇頁，原為「孽子三部曲」之一，早在一九六〇年就曾於劉守宜、夏濟安等合辦的《文學雜誌》短期連載，馬各接編《聯合報》副刊，邀他改寫，重新連載，後馬各調到《民生報》，任副總編輯，「孽子三部曲」第二部《變色龍》也轉移陣地，至《民生報》連載，一年後主編換人，《變色龍》成為未完成的小說。

一九七七至七九年，聯經出版公司為潘壘出版了全集，共十七大本。

一九五六年，潘壘把自己的中篇小說改編成電影劇本，經過一位長輩引薦，見到了當時中影總經理李葉，順利進入中影公司，但彼時中影把重點放在直接經營大大小小近二十家戲院，或收取租金，利潤亦甚可觀，雖有一流電影器材設備，卻志不在拍片，臺灣電影幾乎處於未開發階段，後遇到李嘉導演，總算展開拍片工作，初期擔任編劇，《合歡山上》、《金色年代》、《颱風》開始，執導演筒，合作的明星有小艷秋、馬之秦、穆虹、唐菁、唐寶雲……一九六四年前往香港邵氏，導《情人石》和《蘭嶼之歌》，鄭佩佩、張冲、黃宗迅……均成為他的演員。

以後潘壘三進三出邵氏，中間他自己當老闆，成立「現代電影電視實驗中心」，簡稱「現代片廠」，從買地到建廠，費時九個月，除製片廠外，旁邊還建了十六間大教室，計畫由藝專學生參與實習工作，而人事開銷尤其驚人，共聘僱了三十幾位員工，又凡事求好心切，雖先後開拍了六部電影，最後還是入不敷出，於是只得向片商周劍光借錢周轉，轉到最後，製片廠賣給了周劍光。周接手後，改名「華國片廠」，碰上七〇至八〇年代國語電影的黃金時代，周賺得盆滿缽滿。

一九七一年，潘壘到香港，再度自組「潘壘公司」，這次他拍的創業片是由王羽主演的《劍》，《獨臂刀》之後，王羽已成為國語片第一位百萬小生，潘壘照江湖規矩，一毛不少。

《劍》的故事來自潘壘的一位西藏朋友，他原打算寫成小說，後來請高陽編成劇本，王童擔任服裝設計，合演陣容堅強：葛香亭、李昆、李影、苗天、曹健、常楓、唐威、孫越、王萊，這部戲果然受到各界最高評價，潘壘自己也覺得《劍》滿足了他探討武俠世界炫目奧祕，任意馳騁的快慰之心。

文人拍電影，不懂得發行，這部叫好的電影，仍然讓他賠了錢，還賠得慘不忍睹。

關於國共內戰，縫補一個年代的書，二〇〇五年，王鼎鈞以十三年時間寫出了《關山奪路》，他以血肉換來這一部書，從民國三十四年寫到三十八（一九四五—一九四九）年，當時天下已亂，但此書有清晰脈絡；二〇〇九年，齊邦媛寫了五年的《巨流河》出版，這本傳記裡另有傳記，它是兩個時代的故事，從東北到臺灣，中間的許多歷史，人們都已淡忘，也許只記得西安事變或張作霖、張學良的名字，至於齊老師屬於自己女性覺醒的奮鬥歷史，引來兩岸「洄瀾」，二〇一四年，又多了一本《洄瀾——相逢巨流河》，《巨流河》讀者共同執筆的書；二〇〇九年，另一本由後來坐上文化部長寶座的龍應台執筆，書名《大江大海》，用大時代裡的血肉悲壯故事串聯起來，歷史的淚裡有歷史的罪，人性的瘋狂、狠毒和愚蠢，在戰爭裡一覽無遺。

潘壘的《不枉此生》，明顯為以上三書補足一幅完整的「失樂園」——一個因戰火瀰漫而燒傷焚毀的家國，一個曾經平安歡樂年代的消失，把我們的故國天倫找回來，把我們記憶中的童年重新拼圖，特別潘壘身為越南僑生，他的身分代表了海外華人，當災禍已在門外等候，你可以從潘壘父親身上看到，他們如何關懷著自己故國的一動一靜，他們要自己的孩子回去救國，儘管明知自己已回不了老家。老家是我們每一個中國人的根啊。

潘壘身為作家又身為導演，他將影劇圈一甲子的動態全寫在書裡，所有我們記憶中的明星，在《不枉此生》中全可找到他們的名字，且有他們有趣的軼事，這本動人至極的口述傳記，為我們記錄一個時代。以前我對口述歷史，總抱懷疑看法，而《不枉此生》的口述記錄者左桂芳，文筆傳神已和潘壘的口述合而為一，因此，要特別為她爐火純青的筆力拍拍手。

附記：秀威資訊科技公司大手筆，二〇一四年開始為潘壘出版全集，九月間已出版上下兩冊長篇小說《魔鬼樹》和《靜靜的紅河》，負責人宋政坤，年輕時就是潘壘的小說迷，他迷的正巧就是《魔鬼樹》和《靜靜的紅河》，隔了三十年，這位文藝青年成了他的出版人，還為他的書寫序，真是文壇佳話一樁！

而《魔鬼樹》書前還有一行更動人的引言——

獻給馬各

以及那個年代曾經和我們一起歡笑和哭泣的每一個人……

馬各（駱學良），福建南平人（一九二六—二〇〇五），是六〇年代重要的作家，和潘壘、師範、丁樹南等都是好友。馬各曾任《中華日報》南部版編輯，《聯合報》副刊主編、《聯合報》副總編輯。著有《提燈的人》、《偕子同釣》等書，編有《五十五年短篇小說選》、《五十六年短篇小說選》（與丁樹南合編）。

回憶三十年筆會歲月

最近想知道自己到底何年成為「中華民國筆會」的會員，麻煩「筆會」秘書項人慧幫忙查查，人慧說，找到民國七十七年的「筆會通訊錄」，上面已經出現我的名字，但缺了七五和七六年的通訊錄，而「七十四年通訊錄」，並無我的名字，可見，確切入會年月，必然在民國七十五和七十七年之間。

這樣算起來，自己成為筆會會員的時間，至少已超過三十年，至於介紹我入會的，除了清晰記得口頭上邀我入會的是——《純文學》的林海音先生之外，另一位，我猜很可能是齊邦媛老師。

三十年歲月，發生多少事情，但始終不變的是，我總是按時出席「筆會」的會議和活動，先是每年參加年會，後來選上了理事，也準時出席理監事會議，期間先後跟著「筆會」會長和會員，先後參加三次「國際筆會」，一九九四年十一月六日，第六十一屆國際筆會在布拉格舉行。會長余光中先生和夫人范我存，秘書長高天恩教授、《筆會月刊》總編輯齊邦媛教授和會員歐茵西等六人。隔了四年，又參加了第六十五屆國際筆會，這次前往的都市是芬蘭的赫爾辛基——參加成員仍然是會長余光中夫婦和秘書長高天恩教授、「筆會季刊」齊老師等最初的原班人馬，此外還加了彭鏡禧、宋美瑋和余幼珊三位，開完大會，我們兵分二路，有人搭車到波羅的海三小國，有人到聖彼得堡旅遊。

隔年，一九九九年，六十六屆國際筆會改在波蘭華沙召開，因我迷戀波蘭導演奇士勞斯基《十誡》的神秘，再次報名參加，此次會長改由朱炎教授擔任，新任秘書長為歐茵西，由他倆率領，團員和眷屬分別為余光中夫婦、彭鏡禧和高天恩教授還有我，共七位。

「中華民國筆會」成立九十周年，有光榮的歷史傳統，最初發起人為林語堂、胡適和徐志摩，首任會長為蔡元培。一九五八年六月，在臺復會，推舉張道藩為會長，以後歷任會長分別為羅家倫、林語堂、陳裕清、彭歌和殷張蘭熙。六十年之後，輪到我成為會員，居然一晃也三十年，先後擔任會長的為余光中、朱炎、彭鏡禧和黃碧端，全是謙謙君子，正直、儒雅也永遠和和氣氣、待人以禮，每遇理監事會議總是一團和氣，這真是一個永遠讓人懷念的團體，參加筆會，讓我結交許多同好；筆會除了每季出版會刊，譯介國內文友詩、散文、小說等精品外，也經常出版叢書，將中文外譯，爾雅在一九八三年元月，出版了前會長殷張蘭熙主編的筆會英譯小說選《寒梅》，還原出版中文本，前後共印四印又二分之一版（即九千本），可見早年的小說選集擁有眾多讀者。

1998 年，第六十五屆世界筆會在芬蘭赫爾辛基舉行，我國前往參加的會長余光中教授，和同時前往的齊邦媛教授、隱地在當地白教堂前合影。

1999 年，第六十六屆世界筆會年會，在波蘭華沙舉行，我國筆會會長朱炎教授（右二），祕書長歐茵西教授（右三）和我國駐波蘭代表黃新壁大使（中）及會員高天恩（左一）、隱地（左二）、余光中（左三）及彭鏡禧（右一）合影。

2012 年，中華民國筆會在陽明山林語堂故居召開年會前，全體理監事合影。前排中為會長彭鏡禧教授，左起隱地、謝鵬雄、歐茵西、丘秀芷、胡耀恒；後排左起余玉照、林黛嫚、《筆會季刊》主編梁欣榮、陳憲仁、陳義芝、林煥彰。

回到文青年代

——回憶林衡茂和他的第一本書

和衡茂相交近一甲子，想不到最近竟然會成為他的出版人，而他，從小立志做作家，也經過了文藝青年時代……民國五十二年當我出版第一本書《傘上傘下》時，他就說，即將出版中短篇小說集《落花時節》，後來，《傘上傘下》印第二版，在書上還特為《落花時節》打出了「即將出版」的廣告。

新書廣告打了五十五年之後，此書終於將成為爾雅四十三周年時的社慶書，但書名改成——《昨日繾綣》。

我們經常通信時，彼此還是少年，印象裡，他透過當年的《自由青年》雜誌，得到了我的通訊地址。

每一個時代都有特產，現在的年輕朋友幾乎人手一支手機，而民國四十三、四年，那時的青少年流行交筆友，報章雜誌上到處都有「徵友欄」。茂衡和我，從兒童時期就愛投稿，他熟悉我的名字，我也熟悉他的名字，兩人都熱愛文藝，雖未見面，卻在信裡仍有許多話題可說。

最近他寄了一本民國四十四年十二月二十五日出版的《新新文藝》給我，打開目錄，居然看到自己用本名發表的一個短篇小說《三姊》，這篇小說已在我腦海中完全消失，但重讀一遍，確實是自己早年的習作，真高興衡茂還保有那麼古老的雜誌——《新新文藝》的創辦人為作家古之紅（一九二五—二〇一二），原名秦家洪，當時是虎尾女中的國文老師，他於一九五五（民國四十四）年元月至一九五九年六月，前後四年半期間，共出刊五十四期，是臺灣早期眾多雜誌中定價最便宜的，每期僅售一元——當時採低定價一元的雜誌，還有一本由美國新聞處主辦的《今日世界》，和由農復會主辦的《豐年》雜誌，那兩本均負有宣傳使命，自然可不計成本。而《新新文藝》不同，壓低定價最根本的原因，無非五〇年代的臺灣還是克難年代，物資匱乏，人們要填飽肚子就不容易，想要推廣精神食糧當然有其高難度，在銷售量沒有把握的情況下，古之紅只好採低價策略，他還自我解嘲地說：「我們是一群傻子，在我們傻頭傻腦裡，存在著一種很神奇的東西，是這種東西給我們力量和勇氣，那就是愛。」

憑著這股愛和傻勁，古之紅要在最貧瘠的泥土上種下一朵文藝小花——四年半期間，《新新文藝》培養了許多寫作高手，我還記得那時雜誌上正連載長篇小說《山城之戀》和《夢幻曲》，作者李牧華，正是我崇拜的作家，寫信到雜誌社，意外地，接到了對方

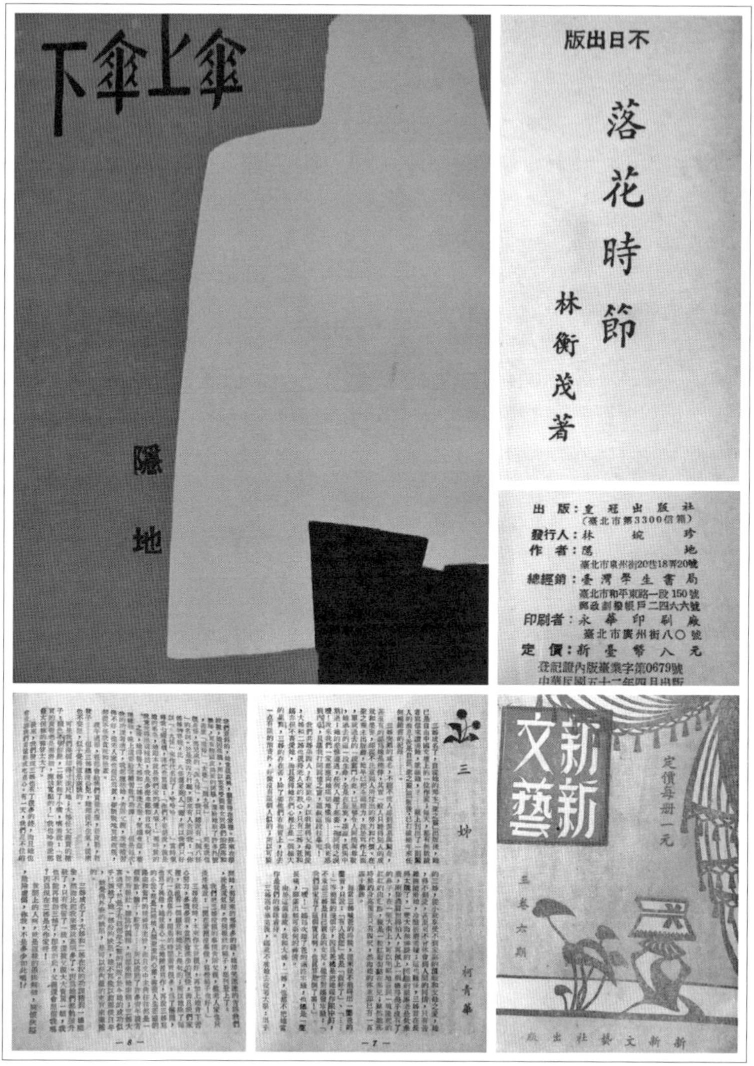

五十五年前，二版《傘上傘下》出版時，在書耳為林衡茂的《落花時節》刊出「不日出版」的打書預告 。下為民國四十四年出版的《新新文藝》封面及作者十八歲時以本名發表的小說〈三姊〉。

回信，後來我們不但長時期通信，還在臺北見了面，成為我文藝青年時代第一位認識的作家。

在《新新文藝》上同一時期寫稿的還有紀弦、楊念慈、魏子雲、郭良蕙、師範、佘之良、郭衣洞、臧冠華、朵思、陸白烈、桑品載、符兆祥和魏畹枝……其中不少位後來成為文壇重量級人物。

民國五十年前後，我的生活重心就是讀書、投稿、寫作……除了騎著一部老爺腳踏車四出訪友，更多的時間伏案斗室不停地寫信給文友，李牧華和林衡茂，還有桑品載和符兆祥，不久桑和符都進了政工幹校新聞系，一年後我也進了那所學校，成為他們的學弟。

此外，我的筆友還有林懷民和季季，以及東海大學畢業的侯門，他當年出版了一本頗為轟動的意識流小說《冬天的故事》，也成了我的崇拜者，不久他去了美國，中間還魚雁往返，但後來，先是失去了音訊，如今完全消失了蹤影。

或許因為，我們青少年的時代沒有手機，所以總是不停地寫信，不停地尋找新的筆友。一九六五年，文星書店蕭孟能要我為他蒐集並推薦七位優秀的青年作家，我開始大量地和邵僩、趙雲、曉風、康芸薇、江玲和舒凡頻繁地寫信，這期間，也偶爾接到林衡茂的信，知道他考進了《徵信新聞》（即後來的中國時報），成為斗南地方記者，或許是記者生涯忙碌吧，問他《落花時節》何時出版，他總說再過一段時日，他希望能多寫幾篇好小說，然後出版一本水準比較整齊的短篇小說集。

這樣拖著拖著，始終未見他的小說出版，而我因結婚、生子、退伍，又轉進社會，接編《書評書目》，創辦爾雅出版社，中間雖不時仍接獲衡茂來信，卻不再問他出書之事，因為我發現愛文學的朋友，其實兵分二路，一種孜孜矻矻，日夜寫不停，書也出不停，另有一類如早年的文學才子張白帆（一九二七—二〇〇九）和舒凡，還有我的老友古橋（一九三六—二〇〇七）、覃雲生、林衡茂……光說不練，年輕時對文學的狂熱，或因某種原因或突然對名利心看淡，出書，至多嘴上說說，就是不肯真的付諸行動，所以最近即將八十大壽的衡茂，突然對我說他想出版一本小說集和一本散文集時，真的頗讓我意外，不過我告訴他：「文學鼎盛的年代，要你出書，你卻一直拖著，可如今連臺北重慶南路整條書店街都幾乎快關光了，此時你想出書賣給誰？」

做了一甲子的筆友，老友想出本書，能不幫忙嗎？何況重讀他當年這些舊作，發現他寫的題材，透過他的小說，讓我看到自己的「大青春氣息」（符兆祥當年對我的評語），是的，衡茂小說裡的情節和人物都是我所熟悉的，雖然他代表鄉下，我代表都市，但我們的時代背景還是相通的，衡茂許多作品，刻劃的無非是貧窮年代小人物的悲憫，甚至發奮努力，為的只是希望等第一次領到薪水，能買部腳踏車送給自己，然後買隻烤雞，騎著自行車到青草湖，一個人坐在湖畔，大塊大塊的吃個夠……這背後透露的，是什麼樣的心酸，讓一個人的心志變得如此微渺？透過小說情節，他表達出來的道德觀也彷彿有一種氣味，那氣味一聞就知，那是屬於我們特有的「時代氛圍」。

有一天在電話裡，我突兀地問衡茂，「老兄啊，我們通了一甲子的信，我問你，到底我們兩個見過面沒有？」

衡茂說：「有一年，離你出版第一本書不久，我和太太專程北上，特地到漳州街找你，適你外出，只有伯母在家，還留我們吃飯……」

「所以，你我其實根本一直未見過面。」

「應該如此。」衡茂說。

這樣說來更為離奇，從未見面，卻是老友。衡茂的確是我生命中一位奇特的朋友。我決定以爾雅之名，為他出版一本短篇小說集，以此書紀念我倆逝去的青春。

在為衡茂的書編輯和校對期間，有一股說不上來的興奮，彷彿又回到當年自己出版第一本書《傘上傘下》時的快樂，啊！那個追逐夢想的少年又出現在我面前。

——原載《中國時報》人間副刊（二〇一八・六・二十）

蝶飛一夢

——周夢蝶最後的傳奇

蝶　飛　矣　　蘧　然　一　夢

詩人周夢蝶先生。

於民國一〇三年五月一日下午二時四十八分往生淨土。

友人學生圍繞助念。護持啟程。圓滿示寂。

所遺體蛻。

謹訂於五月十三日上午九時於臺北第一殯儀館景行廳奠禮。發引火化。

詩人之來也。但知奉眾。不需憂貧。

詩人之去也。悲欣交集。華枝春滿。

謹此訃告。故舊友朋文字緣眾。

周夢蝶先生治喪委員會

主任委員——
龍部長應台
副主任委員兼總幹事　李次長應平

治喪委員——
曾進豐（義子）
王渝。王憲陽。向明。余光中。
初安民。杜忠誥。吳晟。吳清友。
辛鬱。杭紀東。林懷民。封德屏。
洛夫。夏菁。曹介直。張拓蕪。
張健。張默。童子賢。傅月庵。
黃應峰。瘂弦。管管。敻虹。
葉步榮。葉嘉瑩。劉雨虹。
蓉子。陳玲玲。陳傳興。蔡文甫。
簡錦錐。鄭愁予。羅門。（依姓氏筆畫序）

這是詩人周夢蝶四年前過世時，文化部為夢公發的一張訃聞。

夢公一生清貧，對名利亦甚淡泊，生前，他沒有自己的住屋，有時靠朋友接濟，在明星咖啡廳前擺書攤的年代，他甚至要等明星隔壁茶莊打烊後，讓他在茶葉行打地舖，他必須趕在茶莊開門營業前，儘快將舖蓋捲起來。後來，經濟稍微好一些，在淡水的一個冷僻鄉里租了一間小屋，一直到他的義子曾進豐教授，將自己的一戶樓房讓他免費居住，他住在那間完全沒有裝潢的房間裡，去過的人都知道，沒有廚房沒有臥室，就是一間大通鋪，也可說沒有家具，是真正的陋室也。至於吃飯方面，他更不講究，每天從早到晚就是一鍋煮，把肉放進去，把菜放進去，把豆腐放進去，或許也放一隻番茄，就這樣早也吃午也吃晚也吃，反正一天三餐就是如此清煮一鍋，缺油水，周公也就更加飄飄然似仙風道骨，他一生沒有胖過，他的人生就是一個「瘦」字，就像他常寫的瘦金體……有人說他是詩僧，一把傘，一個經常掛在身上的布袋，布袋裡無非詩集二三或札記小品類的書本，還有，總有紙筆，讀著寫著，他的人生總是飄然曠野，偶或，有人請他坐下來喝一杯咖啡，於是一塊糖，再加一塊糖，有時一杯咖啡他幾乎放了九塊方糖（早年為方糖，後來改成糖包），他往往把不吃糖朋友們留下的糖包，全放進了他的咖啡裡，我想一定是人生太苦澀，就添加些糖甜甜自己的嘴。

這樣一位苦行僧詩人，當他和這個世界說再見，他做夢也想不到，生命的終章，竟會突然爆出一個高音，出現這麼一場誰也意想不到的隆重喪禮，甚至隆重到像是在舉辦國葬，文藝界的朋友看得又驚又呆，有人問：「他是國策顧問嗎？」文人向來可憐，走了就走了，有人走後如果還有一個追思會，把朋友們聚在一起，請大家談談他的作品及其為人，就已經夠榮譽了，有誰能像夢公這樣，把一個喪禮辦得如此肅穆莊嚴，那天所有前往悼祭夢公的人，多少都有點夢幻的感覺，在心底幾乎都有相同的驚嘆。

所以我留下了這張值得紀念的訃聞，雖然時間已經過去了四年，如今望著眼前典雅訃聞，彷彿那天夢公的祭葬大典又展現眼前……

詩人向明，幾乎年年為夢公在家裡過生日，但很少特地為他買蛋糕。這張前面放著蛋糕的照片，攝於何年何處，隱地也記不得。

夢公一首有故事的詩

——兼及夢公其人

一個人要讓情緒每天保持很正常，真不容易，一天裡，有時會無端的心煩氣躁，尤其當接近攝氏三十八度的氣溫，在家裡或辦公室看到這兒那兒塞滿了東西，就會無名火起，靜物啊，靜物，為何你們不會為自己洗洗臉或自動排列整齊，而總是以髒亂面目示人，真想把你們當垃圾丟掉，可丟也丟不完。

我寫過一本書《人人都有困境，讀一首詩吧！》，而我對眼前的「靜物」一籌莫展，書生的唯一辦法，也就只好寫首詩，自我興嘆一番！

靜物

它坦然面對灰塵

毫不怕髒
你瞪它一眼
也不會識趣閃躲

表面安詳
內心強悍
它　謙遜的名字叫靜物
卻是天下最顢頇的佔有者
你不移動它
它霸佔著自己的領土
直到永遠

其實每樣零零碎碎的物品或書籍，不都是當初因喜歡或需要一樣樣從外面買回來的嗎？如今怎麼覺得多餘甚至生出嫌棄之心呢？我想一定是自己真的老了，老人會突變，變得奇奇怪怪，有時連自己也搞不懂。

啊，人的一顆心，也真難伺候。特別是老人的心！

變換心情，一定要選一首與眾不同的詩，可百年新詩也老了，想要找一首完全新鮮的詩何其困難，解憂的詩在哪兒？有誰會寫讓人快樂的詩？

桌上放著幾本夢公的詩集和詩選——《十三朵白菊花》（洪範）、《約會》（九歌）和《周夢蝶．世紀詩選》（爾雅），等到讀了他的一首怪詩〈胡桃樹下的過客〉，自己的眼睛停住了，也被吸引了，這首詩我一遍、兩遍、三遍……不停地讀，彷彿是一塊吸鐵石，吸住眼睛之外還吸住我的思想，這樣一首詩，夢公想表現什麼？以夢公的個性，即使你去問他，他也不可能回答你什麼。你懂就懂，不懂也是你自家的事。對夢公來說，我寫過的詩就是詩，我哪能記得到底寫了些什麼。

夢公只是向我們說了個故事。老人說個故事總可以吧，故事就是故事，聽完故事，每個人該自己去想，這故事啟發了我什麼？人的想法都不一樣，你不能要求說故事的人，他說的故事到底要表現什麼？他若給了答案，原先故事可能延伸的啟示就被範圍住了，一首好詩，就是一把能讓我們通往一座錦繡花園的鑰匙，進了花園愛看什麼花，如何遊園，那就得看每個人的興致和品味了。

夢公自己就是個特立獨行的人。從他的眼睛裡看到「我想我永不會再遇到第二個／像他那樣怪誕的人」——這人鐵定怪呆了，哦，原來有個彷彿一直站在胡桃樹下的男人，他津津有味的在樹下吃著蒼蠅，把蒼蠅斑爛的翅膀如枯葉散擲一地，等到這人離去後，怪的是滿樹的胡桃都不見了，只剩下一地的空殼兒。

這詩讀來讓人印象深刻。主要它有一個怪誕的故事，頗讓人想起黑澤明的《七個夢》，詩有了情節，有了故事，就像瘂弦的〈坤伶〉，雖只有短短十二行，卻讓人縈繞不去，看來，用詩來說故事，未嘗不是新詩可以繼續往前走的一條路。

胡桃樹下的過客　周夢蝶

從此那棵胡桃樹就沒有結過胡桃。
那說故事的老者說——

我想我永不會再遇到第二個
像他那樣怪誕的人：
他仰著天，背胡桃樹而立
一幅無可不可冷漠而又寬閒的神氣
彷彿有史以來他一直就立在那兒
彷彿胡桃樹是他的母親

他是曾經走過好多好多路
卻從不會離開母親一步的孩子。

現在奇就奇在這裡
他是誰？他打什麼地方來的？
蒼蠅底肉有什麼好吃？
是的。蒼蠅底肉！
我親眼看見他把一隻一隻又一隻
胡桃般大的蒼蠅
（當牠們呼嘯著掠過他頭頂時）
隨手拈過來津津有味地嚼著
而將斑斕的翅膀如枯葉
散擲在腳下紅塵中……

現在奇就奇在這裡
當他去後：滿樹纍纍的胡桃不見了

胡桃樹下卻兀自擁擠著纍纍的張著怪眼睛瞅人的胡桃殼兒。

以下是夾在夢公詩葉裡的一頁便箋，到底是我抄錄別人的筆記，還是我讀他詩寫的心得，一時連自己也弄不清了——只記得這是為了貴真在「爾雅書房」舉辦讀書會，要我談夢公其人其詩臨時準備的材料。

一生驚訝困惑的人。

一生活在驚嘆號與問號中問不停的人。

夢公一生出版過四冊詩集，而在四本詩集中他居然用了三百四十九次驚嘆號，三百六十三次問號，他的人生，終其一生，在「？」號裡打轉。

他的詩，都是直接與自我，隱性的他者，自然和宇宙的對話。他不停探索人面對生命和人心最低層時的驚訝與困惑。

他如僧如丐，對人又常「以十報一」，他是頑石，他是幻影。

他的心是七分孩童三分老頭。

「世界老時我先老，世界小時我先小」。

1997 年，詩人周夢蝶攝於淡水橋墩（約會之橋）。

他像是帶著前世歲數來到世上的人。
又隨時準備好前往他世投胎的嬰兒
從九歲到九十歲，始終如一。
他的一生給自己許許多多的限制和束縛。
家徒四壁，簡衣薄食，儒家的禮數，佛的戒定　幾件長袍，一支雨傘，面對陌生人
和群眾拘謹緘默。
和至友及女性獨處時卻又滔滔不絕。
一甲子孤寂地四處為家，但他是最自由的人。
可他又是一生「為情所苦」的癡人、傻人、呆人。
他是從大觀園走出來的人。
或者說他根本是走在「大觀園」裡的人。

周夢蝶（中）、向明（左一）、隱地（右一）於 2000 年為出版《周夢蝶・世紀詩選》拍攝的照片。三人特於某日在大雨中前往淡水竿蓁林，周公詩集《約會》中所稱「與我促膝密談的橋墩」。「結果，哪有什麼橋墩，不過一塊過水的石板而已，我們幾乎全身淋濕」（向明語）（董心如／攝）

夢見周公

像往日一般，我一個人坐在重慶南路武昌街口「馬可孛羅」二樓吃飯，看見《藝術家雜誌》的何政廣，照例和他微笑點了個頭，並未說話。也看到了周公——詩人周夢蝶先生，他正和一位長髮飄飄頗有靈氣的女子在喝咖啡聊天，這鏡頭頗像五十年前，他坐在武昌街明星咖啡館廊前，總是有女子坐他身旁——不同的女子變換著，不變的是周公，一老者，一女子，這樣的畫面，早已深入我腦海。

但這一次當然只是一個夢。因為馬可孛羅只剩下一樓的麵包店，二樓餐廳早已休業。我會夢見周公，想必與以下幾件事有關：

三月十二日，在《中華日報》副刊上讀到歐陽柏燕的散文〈十三個月．與詩為鄰〉，談她與夢公（也是周夢蝶）的忘年交，其中有一句夢公回歐陽柏燕的話：「一朵浪花自海上飛起，是一朵浪花；飛回去，便是海了。」

同一天，在另外一家報紙副刊上讀到周公為自己八十八歲生日寫的詩，開頭疊句：

「俱往矣俱往矣……」讓我惦掛；有人送他紅酒，他轉送了一瓶給我，放在黃月琴處。黃月琴是我們共同的讀者，她在新店種菜賣菜，偶爾會去照顧周公的生活起居，近九十歲的獨居老者，真的需要有人探視探視。

黃月琴說要把周公的紅酒送來我辦公室。在電話中，我說找一天和她一起去看周公，至今超過月餘，仍未履行諾言。周公於是到我夢中來了。

五十年來，周公一直是——臺北文化一景。不在明星廊前擺詩攤之後，他飄然曠野，隱於市。不時地，總會看到他的身影。說來真是神乎其神，只要我在武昌街說著周公或想著周公，他就會出現在我面前。

二〇〇五年秋天，北京社科院黎湘萍教授結束在新竹清華大學一學期客座，離臺前相約在明星喝咖啡，談話的主題就是昔日臺北作家和明星咖啡館的互動，湘萍兄最感興趣的就是詩人周夢蝶，我不停地說著，幾乎口沫橫飛，還說了一段初識周公的故事：那時我可是二十歲不到的真少年，而不是「超過七十歲」的假少年——我在周公的書攤上拿了四本書，加起來總計臺幣七十六元，對於我，是一筆相當大的支出，開始向周公討價還價，希望能以七十元成交，周公二話不說，把書搶過去，重新一一放回書攤，然後再不理我。

自此養成我此後購物再也不敢殺價的習慣。

隔了五十年，彷彿周公聽到我在說他的往事。當我和湘萍兄下樓，正要穿過重慶南路，看到周公對面走來，徵得他同意，湘萍兄手裡剛好有相機，同行的陳雀倩立刻為我們三人攝影留念。那回並非夢境，卻像極了一場夢。

北京社科院黎湘萍教授在新竹清華大學擔任客座教授一學期，離臺前和隱地到武昌街明星咖啡館喝咖啡，在街上偶遇詩人周夢蝶。（陳雀倩／攝）

另一次，中央大學李瑞騰教授主持兩岸青年文學會議，會後大陸青年也要求到明星喝咖啡，剛好我在座，免不了談到周公，說時遲那時快，只見周公一步一步從樓下上來，這回我不敢打擾他，只向坐著的年輕大學生說來人正是白先勇稱為「孤獨國主」的詩人周夢蝶先生，一時把大家驚得鴉雀無聲，他們之中不少都是黎湘萍教授的學生，聽過黎教授和周公奇遇的故事，事隔一年，隔海來臺，怎麼故事裡的情節，又變成真實畫面，豈不奇哉。

——原載《中國時報》人間副刊（二〇〇八．四．七．）

何故將李敖和周夢蝶的名字放在一起？

周夢蝶和李敖是來自兩個星球的人，他們是完全不同的東西南北人。為何我要把這兩個人的名字連在一起？

生於一九二一年的周夢蝶，比李敖大了十四歲。他們都是民國人物。要不是毛澤東和蔣介石搏命對決，引來一場使國人流離失所大災難的「國共內戰」，李敖在北京，周夢蝶也安居在河南老家，這兩人都不可能相遇在臺北武昌街。李敖讀史，他愛考證，追查自己的身世，他說他的祖先很可能是苗族，「苗族的支流渡海來臺，成為高山族的一部分，所以，我是臺灣高山族的族人……」戶籍上，他是山東濰縣人。

周夢蝶是河南淅川人，他活了九十三歲，想活一〇六歲的李敖，生命力強悍無比，結果他只活了八十三歲，比一生貧苦的周夢蝶少活了十年。

周夢蝶和李敖也有相同的地方，他們都從大陸來到了臺灣。

一九四八年隨軍來臺的周夢蝶，時年二十七歲。李敖比周夢蝶晚一年到臺灣，他是一九四九年五月十二日傍晚躺在難民船的甲板上隨全家九人一起來到臺灣，立即展開六年的臺中生活，他爸爸進「臺中一中」當國文老師，他進「臺中一中」初二甲班上學，那年李敖十四歲。

一九五六年，也就是民國四十五年，周夢蝶自軍中退伍。其間，做過書店店員和小學教員等工作，一九五九年起在臺北武昌街「明星咖啡廳」前擺書攤維生，這一年周夢蝶三十八歲。

周夢蝶三十八歲時，李敖二十四歲，他正要從臺大畢業，準備接受第八期預備軍官訓練，並開始前往野戰部隊接任陸軍排長。

李敖和周夢蝶唯一交集的是，他們都曾在重慶南路、武昌街和公園路走過。他們都是愛書人，周夢蝶一定去過公園路的「文星書店」，李敖也一定去過武昌街的「明星咖啡廳」，至少在樓下買過麵包或蛋糕，這兩人互相看過一眼也是可能的，李敖罵了不少詩人文人，卻好像從不曾罵過周夢蝶，在周夢蝶的詩裡或尺牘，他寫了許多詩或信致贈友人，也好像不曾見他寫信給李敖，這兩人井水不犯河水，倒也相安無事。

還有全然不同的是，周夢蝶是沒有女人的男人，李敖是太多女人的男人。李敖儘管不少女人罵他，如果他要示愛，女人們絕大多數都會接納他，甚至主動追求他；周夢蝶身旁也圍繞甚多仰慕他同情他的女人，但只要周夢蝶示愛，女人就會閃躲，甚至覺得不可思議，覺得他一點也不像周夢蝶，好像周夢蝶只能坐在木頭椅子上談詩，不應該有男人七情六慾的衝動，周夢蝶衝動，就一切變得奇怪了。

而李敖風流就理所當然。

命運大不同，誰又能說，這不是人的宿命？

周夢蝶，本名周起述，河南省淅川縣人，一九二一生。宛西鄉村師範肄業，一九四七年參加青年軍，次年隨軍隊來臺，還有髮妻和二子一女在家鄉。一九五六年自軍中退伍，做過書店店員，小學教員等工作，一九五九年起在臺北武昌街擺書攤維生，專賣詩集和純度極高的文學作品，吸引當時許多嚮往文學的青年男女，使武昌街頭，成為六、七〇年代臺北重要的文化街景之一，直到一九八〇年因胃疾而結束。他曾參加「藍星詩社」，詩作之外，曾於《聯合報》副刊撰寫專欄「風耳樓尺牘」，獲第二屆中央日報文學成就特別獎及第一屆國家文藝獎，著有詩集《孤獨國》、《還魂草》，平日惜墨如金，中間隔了三十七年，始出版詩集《約會》、《十三朵白菊花》，另有選集《周夢蝶．世紀詩選》。年前在印刻出版公司出版《周夢蝶詩全集》及《風耳樓墜簡》。二〇一四年五月一日，一代詩僧周夢蝶，和世界告別，享壽九十三歲。

愛看書的星星（後記）

讀書前亮軒兄寫的三年前的我，或者是讀他書末那篇印象中十年、二十年前的我，讓我彷彿記得自己生命中確曾有那樣一段三頭六臂的風光歲月。是的，當一個人年輕力壯的時候，甚至正當盛年，人的力量好像沒有極限，可惜，人生最美好階段，自己往往並不知道，當別人好意提起，或像亮軒以文字幫我留下記憶，我才知道，過去的自己多幸福。

如今，我已幾乎不到電影院看電影，朋友邀約，什麼演講、評審、座談，百分之九十五以上，總在向人說對不起，所有到外地的各項活動，都需要力氣，而人過八十，年紀越大，力氣越小，頗有自知之明，於是，我縮小自己的世界，儘量只在書房和餐廳之間活動，還好，咖啡照喝……所以，朋友啊，原諒我的禮數早已無法周到……

歷史無情翻飛，昨日少年，今日老者。「大江東去，浪濤盡，千古風流人物」。古人老早說過。

人生是不停地翻牌又翻牌，翻到後來，自己會拿到如何一張底牌，完全料想不到。人生在世，從敲門到守門，我是幸運的，四十三年前，敲開了一座文學之門，怎麼想到，有一天熱鬧的文學院子，忽然愛看書的人都星散了，或許尚有少數幾個人還在流連，自己卻仍寫不停，就寫給這幾個人看吧！

至少天空還有星星，閃啊閃啊，它們也都是愛看書的人？不，它們是愛看書的星星！滿天空的星星，都在尋找自己愛看的書……

附錄

005 年 12 月 23 日，臺北市愛心媽媽文教基金會和中央日報副刊，在爾雅書房聯合主辦了一場〈發
生命，開展心靈〉的座談會，由基金會總幹事蔡文怡主持，邀請隱地和郭強生對談。當天爾雅書
出席聽眾踴躍，共享一個充滿喜悅的午後。（張耀仁攝）

人生無處不喜悅

——發現生命，開展心靈系列座談

記錄 張耀仁

有智慧就會有喜悅。閱讀必然帶給我們喜悅。我現在連一本字典都讀得出趣味和喜悅來……

隱地：謝謝大家光臨，就由我先開場。最近剛出版一本新書《隱地兩百擊》（爾雅），裡頭有一篇〈兩婦人〉，描述的是生命的故事。那一次也是座談會，講完後正要離開，一位打扮入時的婦人跑來對我說，她年輕時候其實也是文藝少女；她說，聽我演講感慨良多，因為她幾乎已經有十五年忘記世界上還有「文學」這樣的書籍了，她感謝我的提醒，因為過去十五年，讓她為了家庭幾乎喪失了「自我」。

我驚訝她竟然十五年未接觸書本、沒看過畫展，甚至沒聆聽音樂會。所有藝術這個區塊，她完全沒有涉獵，也因我點了一下，她說她要開始接上她少女時期的那個藝術之夢。

這件事過後的第二天晚上，去看牙醫，同樣也遇上一位四十幾歲的婦人。牙醫師在看完她的牙齒後，相當吃驚，他說妳怎麼能夠忍受、怎麼到了這個時候才來看診？我聽見她跟牙醫師解釋：「啊呀，我上有公公婆婆、下有小孩丈夫啊，我自己的事簡直只能擱在一邊，包括牙壞了，也抽不出時間看醫生。」

我之所以要提這「兩婦人」的故事，主要是強調，兩位看來都是知識分子，都受過良好教育的人，前者心靈生活一放十五年？後者竟讓牙齒爛到難以形容的地步。我的感想是：我們一定要認清——人生分成兩個區塊，是兩種成長的人生：其一，務必養成閱讀習慣，其二，身心應同時成長。

我又想到有位替我洗頭的小女孩，看起來十分摩登，可是講什麼都不知道，我便告訴她：如果妳有空，可以到諸如誠品等書店去逛逛，我們還有比生理需求更重要的，就是頭腦。我說，只要你從現在開始，每天閱讀十五分鐘。這十五分鐘不是看報紙和雜誌，而是真正閱讀一本書，一年後你會感覺自己和以前多麼不一樣！

我想，我們的人生不能每天只讓肉體漸漸衰老，智慧卻一點也沒有增長。如果每天強迫自己讀一點書，將來就會活出自信。今天所以提出「兩婦人」的故事，無非強調閱讀的重要。

郭強生：一看演講的主題：「生命無處不喜悅」，當下的感覺是，在座許多人要來聽人生如何喜悅，但我要講的不是喜悅，畢竟開開心心過日子未必是真喜悅，喜悅是需要智慧的。所以談人生無處不喜悅，我還是要先說不喜悅的事情，希望通過智慧再獲得喜悅。

幾年前我回國後，母親癌症過世；支持我寫作十年、幫我擔任編輯的楊淑慧小姐也癌症過世；我自己指導的學生、很優秀的年輕女作家黃宜君則上吊自殺。這一路走來，我好像都失敗了，我一個也沒能挽救。然而因為有二〇〇三年執筆書寫爾雅日記的經驗，所以我有機會去思考這些問題，去理解生命這個議題。

德國哲學家海德格曾經說過：「其實世界原本就是存在那裡的，人活著是為了瞭解世界。」因此要思索的不是我要怎麼鑽進這個世界，而是打開一個自我的中心。我們之所以知道自己是人，是基於一種理解。這句話對我這幾年來的想法改變滿大的。我們的責任就是要理解生命、理解事情。最近在自己的文章裡，也曾提到生命價值這個問題。所以我會嘗試在寫作或教學當中，一再一再提醒讀者或學生，你今天閱讀或寫作不是為了偷哪個橋段，而是我們要成為一流的讀者。好的作品是靠好的讀者存在的，如果好的讀者不存在，就會由壞的讀者去推薦壞的作品。那些壞的作品被推成了經典，你就可想而知這個世界多麼敗壞。因此我告訴學生，你們先不要想說如何成為

2004 年時候的隱地（站立者）和郭強生（坐著）。

一位好的作者，但一定要期許自己先成為一流的讀者，這樣才能幫助好的作品。

我告訴學生，這世界上有兩種人：一種是所有的事件對他而言都是新的經驗，一種則是無感麻痺，所有事情都與他無關。這也是我告訴他們要思考的原因，因為你思考一件事情未必會有解決，但是你的思考有可能影響另一個人，最後得到解決的方式才是真的。改變不是一時的，有些事情會隨著時代而演進，比方沒有人再去相信白人、黑人的二元對立，它們之間的界線模糊了，就是因為一直有藝術、一直有文學在探討種族之間的問題。所以隔了十年、十五年，我們就會發現其中的某種改變。

文學與生命的關係並不是很遙遠的。但這幾年的臺灣似乎將文學形塑成一種密教、一種暗語，好像大家都在分享一種頹廢、一種憤世嫉俗。臺灣人不讀書，所以每一項議題都是新鮮事，但這些事情早在西方國家文學作品裡，比如制度面、意識形態，都已經談過了。雖然書寫的議題不同，但你可以明白大家思考的焦點在哪裡，因此我會見怪不怪，這也就是我常強調的文學要有責任感。責任加上智慧未必會讓你開開心心，但我常告訴學生要有某種付出的心。畢竟你不應僅僅想凌駕這個世界、操縱所有的現實。

隱地：剛剛聽到強生說的「要有好的讀者」，讓我深深感慨。「閱讀文學」曾經是整個社會的流行和習慣。早年的社會，大眾閱讀十本書裡總有七本屬於文學作品。我們那時候，大家讀梁實秋、徐訏、於梨華、琦君……彼此讀書的經驗差不多，有共同的話題。但不知道為什麼，到了多元化社會，閱讀文學的人反而一直減少、一直減少。爾雅六十四年創社時的書，都是三、四千本起印，很快就銷到一萬本，有些書甚至可以賣到十萬本。在那個文學黃金年代，作家可以買「版稅屋」、買「版稅車」；可是現在，文學出版界有一個「二百五」現象：也就是現在有些書已經只印二千本、甚至一千五百本，發完以後，大概只剩三、四百本，等待書店添書，等到只剩下二百五十本左右，以前這樣的數目通常就要「再版」了，現在卻變成出去兩本，書店又退回兩本，永遠在旋轉。最後的二百五十本可以賣半年還賣不完，甚至拖到一年。這「二百五」

現象還算是好的，有些書是回來後就不再出去了。也就是退書從民國六十四年的百分之三點五，到現在百分之五十五，等於一百本書出去，就有五十五本要退回來，真可以說是驚心動魄。如今作家出版一本書，只有一版版稅，再無別的收入，等於種了一棵不結果的樹，造成現在的作家只得以量取勝，左一本、右一本地不斷出書。有時出了五本其實還賣不到過去一本書的總印量。

因此我剛剛聽到強生說，要有好的讀者，才會有好的作家，然後才會有好的出版社。但現在大家都去買那種顛覆的書啦、八卦的書啦等等。我們想都沒想到的事每天都在發生，臺灣現在像是一個八卦島嶼，讀者口味變重了，好像非麻辣鍋不吃。如果我們家裡有一些好書，小孩子不會連幾行作文都寫不出來。中文講不通就要去學英文，我們的教育真是出了問題。

說到喜悅，有智慧就會有喜悅。閱讀必然帶給我們喜悅。我現在連一本字典都讀得出趣味和喜悅來。所謂活到老、學到老，只要向前看，人生就是喜悅。

喜悅在我們的生活四周。想起某個多年不見的朋友，主動請他吃個飯，喜悅就會降臨。以我個人的經驗為例，幾天前我請一位三十年前出版社合夥的朋友吃飯。雖然我們很久沒有見面，但我一直惦記著他。最近爾雅三十周年時我發了個願，一定要和這位朋友聊聊。於是我找了機會請他吃俄國菜，我們一聊就是三小時。聊著聊著許多往事都回來了。回憶過去，人生多麼喜悅！其中有一句話他說：「雖然我看起來頭髮白了，但身體一切狀況都很好。」因為他每天都做三百下甩手。這讓我得到很大的啟示，於是從那天起，回家後也每天甩手三百，感覺全身血液更流暢。如此一次請客，就聽到一句獲用無窮的話，可見人生無處不喜悅，喜悅隨時和我們相遇。

郭強生：隱地先生的積極人生表現了大智慧！我曾跟隱地當面說過，我們這一代從文藝青年走過來到現在，已經是中年了。我有時在想我的「角色模範」（role model）是什麼，二十歲的時候，我大概會構想我三十、四十歲時會做些什麼，可是到了四十歲的時候，突然我完全看不到五十歲的願景，直到遇到隱地先生——我們也是因出版而結緣的，之前並不認識——我從他身上得到一些智慧。印象中，文藝圈裡很少有師長願意跟你分享生命，他們談的不外是一些有點炫耀的、應酬的話題等等，所以我一直把這件事放在心裡。

我告訴自己，要確定人生需要的是什麼樣的生活，其他事情都只是支持我要的生活的條件……

目前我在大學裡任教，一向的處世原則是：如果自己曾經從前輩那裡獲得金玉良言，可以供我二十、三十年做為參考，那就有義務也要將生命經驗分享給現在的小朋友。學生們愛說玩笑，雖說笑料也是一種喜悅，但我仍舊要把我的人生經驗說給他們聽，也許僅僅為了那四十個學生中的一個。比方說有一個同學告訴我，他在國中時候，歷史課老師要他們找一些資料上台報告，他就報告八年抗戰，其中有南京大屠殺、有日本人砍我們同胞的頭，於是就有同學在底下喊：某某某，你好變態、好噁心喔！但他說，這是歷史，這不是我加工做出來的，怎麼會說我變態呢？

聽到這些，心裡想著，在這樣一個環境，一個年輕人長大，你要他能不扭曲也很難。現在教改改成這樣，孩子對歷史一點概念都沒有。所以一直覺得我們有責任，就像剛剛提到的。當然，人不是生而知之者，我因為理解，有時就原諒他們。我會嘗試著去瞭解他們，能救一個就救一個吧。事實上，人的價值、人的意義，是要經過歷史去瞭解其中的價值，這也就是現在年輕小朋友所欠缺的。人活著就是要創造你的精神、你的意念、你的知識，要超脫你的物理現象，進入精神層次，那就要對他人有所理解。不單是周遭的人，還包括古往今來的人，而這也就是目前我教書的喜悅。

隱地：接下來我要說的喜悅是「床」。離開床和靠近床，都讓人喜悅。現在有兩種人，一種是不肯睡覺，越忙越窮，就變成窮忙。人家問我忙不忙，我說忙啊。現在一百本書出去，五十五本書回來，這是窮忙。忙到沒時間睡覺，我對他們的勸告就是「補眠」，補足睡眠。為什麼要補眠？這是我個人的經驗，因為我又要編書又要寫作，所以我會在周末下午好好睡一覺。如果我們欠自己的身體「睡眠」，身體是會抗議的。所以在適當的時間我們要補眠。睡足後那種清新的感覺，就會為人生帶來喜悅。

但我也要勸另一些人離開床，就是那些成天在睡覺的人。有的人就是離不開床，特別是退休的人，總是躺在床上。一個健康的人必需離床遠遠的。

但我又聽到當年《中央日報》副刊主編、現在九十多歲的孫如陵（註）先生說，他能這麼健康，在於他每天睡十二個小時。聽到這句話之後，突然明白睡眠的重要。一般說來，生活有三個區塊：要運動、吃有營養的食物，每天要讀書求智慧、求喜悅。特別求喜悅是最不容易的，因此我們格外要隨時隨地尋找喜悅。記得，喜悅是尋找而來的。

郭強生：今天如果別人認為我多多少少累積了一些什麼，其實是這一路上有這麼多重要的轉折點，才能走到這一步。這其中就是貴人的幫忙。貴人未必是特意地幫忙，而是聽到的一句話、一個溫馨的動作等等，都是我們的貴人。也因此，我常常覺得自己應該積極地做點什麼，畢竟當初人家也有一種期待，因此難免把自己弄得太累。

剛剛我與貴真、黛嫚提到一年前在這裡我舉辦過一場戲劇發表會。我非常感謝爾雅對我的幫忙。前幾年我做了不少事，包括戲劇、教書、寫作等，後來我去檢查，發覺我的膽固醇高到兩百九、肝脂數也不好，我按時吃藥卻沒有效果，我就想到，這會不會是基因遺傳？像我母親這麼照顧身體，可是她卻罹癌過世，而且是十幾年內有兩個癌症。因此醫生告訴我要定期檢查，不要被事情牽絆到。

我們可以發現，許多人並不是開心地工作、開心地生活，而是到處求養生。養生其實與心情有關，未必要哈哈大笑，而是維持平衡、平靜，這已是一件不容易的事。而「我的平衡」包括兩件事：首先是簡單，其次是講真話。所謂簡單就是你不要想一些有的沒的，比方有人會問我，郭強生為什麼你要待在花蓮？為什麼不待在臺北？我問他們來臺北究竟滿足了哪一件事，他們說待在臺北比較好聽啊，比較方便啊，文人比較多啊，機會比較多啊。可是我告訴自己，要確定人生需要的是什麼樣的生活，其他事情都只是支持我要的生活的條件。現在對我自己的要求，就是平靜地寫作、教書、生活，因此應該不要去想臺北所提供的條件是什麼？花蓮所提供的條件又是什麼？有些人拚命累積，累積了一堆後來也不知道用不用得上的資源。我現在只想，如果我能夠一直寫作、能夠教書、能夠作我喜歡作的戲，基本上大概就夠了，就很喜悅了。

第二件事是講真話。其實講真話是最簡單的事，但我常常因講真話反而被警告要小心。比方最近去當文學獎評審，其中複審是最關鍵的，每次我都是與大家吵得最兇的一個。上次評「林榮三文學獎」，就發現有一個很奇怪的現象。有幾篇作品我滿喜歡的，因為它真正寫到臺灣目前的一些社會現象。比方它寫九二一地震，寫得非常文學，寫得不錯。結果五位評審裡頭，有一位卻堅決反對。他的理由是：這又不是愛臺灣徵文比賽！他投票的作品，全部都是戀屍狂、妓女、謀殺，所以我覺得我要講出來。你一個人開始敢講，其他人就跟著敢講。

回到剛剛談的戲劇，一開始就不想作嘻嘻哈哈的戲，我要作非常文學的戲劇。只想告訴觀眾戲劇的好處是什麼，我一定要把它傳播出來。

隱地：我想，誠實與簡單是一切喜悅的源頭。人只要不把自己弄得太複雜，就會獲得喜悅。

我總認為：「講理，是跟講理的人講的。」當你發覺無法溝通的時候，就需要智慧，以微笑面對。有時坐計程車，提醒司機稍開慢些，對方卻開得更快。這時候我立即提醒自己，不要再說什麼，畢竟幾分鐘後就會下車。同時以對方立場設想，他在臺北這麼亂的街道，火大的時候，不找客人麻煩找誰呢？所以就算自己倒楣嘛。如此阿Q一下，內心也就平靜了，沒事了，於是喜悅的心情就回來了。

所以人生無處不喜悅，也要靠我們的智慧去營造。在「人人有困境」的環境裡，我們更要主動尋找喜悅。心境豁達就會喜悅，豁達的人就是智慧的人。在一片寧靜裡度過我們的人生。比方我最近寫了一篇小小的文章，叫作〈陽光〉，我說：陽光偶爾出現、偶爾隱沒，但我轉念一想，我們其實也可以當陽光。微笑就是陽光，讓人家看到我們就像看到陽光。

這也是另一種人生喜悅。

——原載《中央日報》副刊（二〇〇六．一．六）

附註：孫如陵，享年九十二歲（一九一七—二〇〇九）。

寫給隱地的兩封信

黎湘萍

1

隱地先生：

剛從澳門回來，即看到你惠寄的新作《遺忘與備忘》，非常高興！這是我久已盼望的書——記得讀過《漲潮日》之後，曾跟你說過，你是最適合寫臺灣文學史的，因為你是參與了戰後文學史的作家、詩人、批評家、出版家和史料編纂與研究者，對臺灣文壇的各路人馬及其作品，如數家珍，最重要的是，你有一顆熱愛文學、熱愛生活的心靈，又有寬容溫厚的胸懷，衡文論世，臧否人物，都能做到公允精當。由你來寫文學史，必會生動活潑，可圈可點。

近日讀到《遺忘與備忘》，果然如此！大作從一九四九寫到二〇〇九年，六十年時光倒流，全憑了你的史料還原，曾在臺灣文壇詩界各領風騷的人物，重新回到如夢如幻的舞臺，深夜讀你的新書，如獨自一人置身於空闊無人的影院看默片或黑白電影，感慨萬千。序詩〈遺忘與備忘〉首句：「七十歲的老者／醒來　在午夜三點半／白日遺忘的名字／成了一天空的星星／在天花板上閃爍」，真是神來之筆，讀後淡然一笑，又不免悵然莫名。義大利人說：one life is not enough，系指羅馬城風景古蹟數不勝數，美不勝收，僅用一生來看是不夠的。其實，人生於世，莫不如此。一生一世，豈能閱盡世上風物？然而，人通過文學，卻能過不止一生一世的生活，因為思接千載，文傳萬代，也未嘗不可能。臺灣戰後六十年的文壇人物，因《遺忘與備忘》而被讀者重新記起，你讓「白日遺忘的名字，成了一天空的星星」，這就是文字的功德。

謝謝你，讓文學成為這個喧囂的世界中一道無法遺忘的風景。

耑此　敬頌

大安

黎湘萍　拜上

二〇〇九・十一・十七

中國社會科學院文學研究所

2

隱地先生：

近好！惠贈的大著五冊已收到，非常高興！非常感謝！這是臺灣文學編年史，也是文壇史話；是您個人的生命史，也是從您的視野出發的臺灣社會、文化與文學的變遷史。五十年的記錄，豐富多彩，您的文筆如有神助，條理分明，讀之不倦。我看過不少用以詮釋各色理論、概念的「文學史」著作，大多艱澀而又彎彎繞繞的語言，卻看不到文學的魅力，看不到文學人的神采；而大作一掃那種理論優先的習氣，把被埋沒的人、文、書和他們的故事都娓娓道來。《回到五〇年代》中，您談到「臺灣文壇的開拓者」，提及潘壘獨資創辦的《寶島文藝》，師範等人創辦的《野風》，程大城創辦的《半月文藝》之外，特別提及「五〇年代的臺灣公家機關，幾乎都有自己支持的文藝刊物，如有鐵路局背景的《暢流》，中國石油公司辦的綜合刊物《拾穗》，此外如《皇冠》，也是由臺肥員工平鑫濤私人所辦。」（第四三—四四頁）這一筆帳以前似乎很少人去算（我孤陋寡聞，讀書不多，沒看到這樣的報導），經您這麼一說，五〇年代的文壇生態就變得豐富而複雜了，張道藩主持的「文獎會」所主辦的《文藝創作》與這些民間的文學、文化刊物，以及一九五六年學院派的《文學雜誌》，形成了鼎足之勢，這種多元性恰是臺灣文學史非常重要的價值所在。

上封信中，我曾提及伊藤整的《日本文壇史》。伊藤整既是作家，也是評論家，您也是如此，還比他多了一個身分：出版家，這一點使大作關於文學圖書市場在半世紀間的脈動的把握非常生動而準確，這也是其他文學史著作所忽視的，而大作這方面的記述，保留了非常珍貴的史料。

初讀這五本書（先瀏覽，容後再慢慢細讀），看到您這些年來堅持寫作，出版了那麼多書，自己的，文壇的，滋養著這文學的伊甸園。如果不是文曲星下凡，豈能如此不知疲憊地寫作，帶著使命為臺灣保住文脈？寫到這裡，感佩之情，油然而生！

我近年來參與編輯《文學評論》，忙於編務，未能時常馳函請安，遠念之情，未嘗或釋。每次接獲惠贈的大著，如獲得聖誕禮物一般，感念難忘。

匆匆如此，敬頌

大安！

湘萍　敬覆

二〇一八・一・一三於北京

從《我的眼睛》讀隱地的生活態度

亮軒

隱地是愛看電影的人，而且，是電影，如果能在電影院看，就一定不會在家裡用錄影機看，這就是他的講究，相信用錄影機還是由電視機轉播看電影的人，已經不太能體會出如此之講究差距有多大了。到電影院看電影，是隱地的堅持。

他的堅持不僅是這麼一個，許多事情他都堅持，譬如說，吃一餐飯，可能搭計程車的錢比那一餐飯錢還要多，但他就是要吃他此時此刻想吃的一餐飯，甚至是那一餐飯裡的某種配料或只是桌邊的麵包。文壇裡知道他喝咖啡講究的人很多，在外面喝咖啡，在家裡喝咖啡，他都有他的講究，請客人喝一杯咖啡，他會好好的介紹這樣的咖啡該怎麼喝，不厭其煩。他是出版家，讀書出書自然也有他的堅持，比如鉛字排版，他就要堅持到最後一刻。讀書不用說都有其獨到心得。他不僅讀書，也關心作者，無論他認得還是不認得，就像他出版了許多他根本不認得的作家的書一樣，但是他都細細的想過讀過回味過。他愛讀報，好消息壞消息都細讀，什麼版都讀。他常常是朋友之間最先通報的人，就是誰的一篇作品發表了，作者本人也不一定比他先讀到。誰想要知道誰的地址還是電話而遍尋不著，就打電話到他那兒，總能找出頭緒。一天只有二十四小時，隱地卻似乎有四十八小時可用，並且用得極好，效率高，理解深。

然而他是不用手機的，也不用電腦，他的稿件應該是少數主編還可以得到的手稿，他非常懷舊，任何一本他寫的書裡，不論是小說、散文、評論，還是詩，都透出許多懷舊。另一方面，他也很有時代的嗅覺，隨時發生了什麼事，他都關心且有意見，常常很強烈，一定要一吐為快，比年齡不到他一半的人還要激動。但是不要以為他不成熟，他的言語短潔有力，卻透出人生厚實的歷練。

很難把他歸類到什麼樣的人物中去，在隱地的身上，有點時空錯亂。這個人十歲才開始認字讀書，看他的生平，誰也不能否認充滿了磨難，但是他的品味卻比一般人要好得多。要是說他處處講究，倒也看不出他有任何一點的紈袴氣息，看他做那麼多的事情，寫那麼多的作品，他應該是台北市最勤勞的人之一。他年過七十，說出來都沒有人會相信，不一定是因為看得出來還是看不出來，反正現在年紀大了真能讓人看出來的也不多，但是他的活力跟智能，還有學習吸收的能力，大多數的少年家不一定比得上，這是大家難以相信他有那麼大年紀的主因。但說雖然是這麼說，在他的文章裡，也經常讓人驚覺他應該更年老個二十、三十歲才對，因為他認識與過從的「古人」實在太多了，似乎個個還都熟悉得不得了，許多人都是共事過的，他走在這一代整個文化史的山稜上，風吹雨打經驗過，潮起潮落也目睹過，有些不可思議的人與事，他可能還不會說出來，時候還未到也。這個人好像無所不在，無事不與，無人不知，但他居然經營了一個三十多年的爾雅出版社，出了六、七百種書，自己也寫了好幾十本，跨足小說散文詩歌評論，本本都很可讀。他堅持文學品味，在他的出版書單裡，從來沒有俗不可耐的作品。他有他的使命感，但從不搖旗吶喊。

跟隱地來往，會驚訝於他的率直，好就是好，壞就是壞，混蛋就是混蛋，他論人論事不假詞色，照說這種性格常常只宜在個人的小世界裡生存的，他卻不，交遊廣，見識多，他自己寫了一本前傳，也有人以他的作品為學術研究的對象。但是看他本人倒是一點大師的味道都沒有，他依然獨來獨往，喝他的咖啡吃他的簡餐看他的電影寫他的散文小說還是詩。讀他的作品，會發現他的日子常常也是一個人在過的。這麼多的覺悟，都是在孤獨中思索而得。也許孤獨才是他之所以成就如此獨特風格的來由。

在如此孤獨的生活中，他的特色就是認真生活。從社交到性交他都很認真的玩味，從書到人他都認真的觀察，他應該是熱愛生活的一個作家。人生苦短，在他的作品中常常見到對於無常的感受，他好好品嚐一餐鮭魚客飯還是某種沙拉的時候，縱使已經吃了第一百回，還是興致勃勃的好像頭一回，而讓另一個吃上一百回的人讀了他寫的那一餐飯之後，覺得自己從來沒有吃過，只有熱愛生命的人才能達到這樣的境界。隱地有些直覺是他人沒法子摸得透的，譬如說他也談音樂談繪畫談電影，他沒有學院派的訓練，然而其精準與獨到，卻又是學院派的人常見不到聽不到的。他總是有所感才發而為文。在《我的眼睛》最後他挑了兩篇未完成稿，會讓許多人吃驚，原來他認真到如此地步！常常會寫出來而無法竟篇，那麼就作廢。有感而發，無感則無所發還是半途而廢另起爐灶，這應也是他的作品予人乾淨俐落的原因。

常常見到有所謂生活大師的報導，從房屋的裝潢到衣食住行無不講究得要命，沒錢沒閒沒有裝模作樣都不行。但這絕不是隱地，隱地一點要表演的意思都沒有，他只是堅持—誠實深刻的品味生活。他之所以辦得到，也全是他內在的反省與修養，而非客觀環境有什麼不同於常人之處。讀隱地的作品，總覺得這個人會隨時出現在街頭巷尾的什麼地方，譬如咖啡廳、小餐館、車站、超市、電影院的售票口……，事實大體也真的如此。他記錄了這個社會這個時代，而其中不論有意無意，也都有他的身影。隱地是這個時代的代表人物，代表的就是我們這些平凡人—這正是一個作家的天職。好多想不清楚說不清楚感覺不清楚的，隱地都幫了我們表現得明明白白。他的作品吸引人，還有別的理由嗎？隱地才是正港生活大師啊！

——原載《文訊雜誌》第二七二期（二〇〇八年六月號）

隱地記事

一九三七　農曆十一月十一日，生於上海。父：柯豪（劍侯）母：謝桂芬。

一九四一　（七歲）被送到崑山小圓莊顧家寄養。

一九四七　（十歲）母親催促父親，利用北一女教書放寒假空檔，專程坐船到上海，輾轉接我至臺北寧波西街，和母親、姊姊團聚。由於目不識丁，臨時由父親惡補，隨即入南海路國語實小讀二上，現在只記得當時和夏祖焯（夏烈）為同學。

一九四八　（十一歲）跳級轉學至公園路女師附小，讀三上，導師為從蔭棠。六年級時，讀六禮，導師王聖農。

一九五三　（十九歲）就讀新莊實驗中學，導師姜一涵。和班上王菊楚同學成為好友。

一九五六　（二十歲）讀北投育英高中，同學竇克勤，至今為莫逆。

一九五九　（二十二歲）就讀政工幹校九期新聞系。訓導員曹建中，是我當時的精神支柱。

一九六三　（二十六歲）出版第一本書《傘上傘下》。

一九六七　（三十歲）出版《隱地看小說》（大江）。

一九六八　（三十一歲）擔任林海音《純文學月刊》（第十五至二十二期）助理編輯，同時主編《青溪雜誌》（第十一至五十八期）。

創辦「年度小說選」（民國五十七至八十七年），歷時三十一年。五月，和林貴真於北投沂水園訂婚，十月十七日，於臺北僑聯賓館結婚，婚後住北投公館街二十九號之三。

一九六九（三十二歲）長子柯書林生。繼續住北投，前後十年。一九七一年，長女書湘，一九七三年，次子書品，均在馬偕醫院誕生。

一九七三（三十六歲）退伍。在軍中服役十年，先後編《青溪雜誌》（前任主編魏子雲）《新文藝月刊》（前任主編朱西甯）。
擔任《書評書目雜誌》主編（自創刊號至四十九期）。

一九七五（三十八歲）創辦爾雅出版社，最初合夥人尚有洪簡靜惠、華景彊，一年後改為獨資。
得到青新大哥資助，前往歐洲遊歷三十八天，回來後出版《歐遊隨筆》。

一九八二（四十五歲）創辦「年度詩選」。邀請張默、向明、蕭蕭、李瑞騰、張漢良、向陽輪流主編。前後十年（一九八二—一九九一）。

一九八四（四十七歲）創辦「年度文學批評選」（一九八四—一九八八）。邀請陳幸蕙主編。

一九八八（五十一歲）十一月二十一日，與出版同業多人前往香港，並從香港到桂林旅遊三天，相隔四十一年，終於又重新踏上故國神州。
開始寫「人性三書」——《心的掙扎》、《人啊人》、《眾生》語錄式小品。其中《心的掙扎》曾獲金石堂暢銷書排行榜榜首。共銷六十餘版。

一九九〇（五十三歲）五月十七至二十九日，與純文學林海音先生、九歌蔡文甫、大地姚宜瑛、洪範葉步榮、戶外陳遠建、遠流王榮文等出版同業

多人前往北京、西安、上海旅遊兩周。
七月二十九至八月十四日，與內子林貴真旅歐十七天，先後到達的國家為奧地利、義大利、荷蘭、德國、瑞士和法國，並在作家呂大明家住宿兩日。

一九九一（五十四歲）「人性三書」出版韓文版，由韓國國立江原大學中文系副教授尹壽榮翻譯。

一九九二（五十五歲）出版《愛喝咖啡的人》。

一九九三（五十六歲）開始寫詩。

一九九四（五十七歲）二月，出版第一本詩集《法式裸睡》（陳義芝序）。

一九九五（五十八歲）與詩人陳義芝受邀，前往星國參加「新加坡作家周」活動，並接受王潤華、淡瑩夫婦熱情招待。
詩人焦桐尚在《中國時報》「人間副刊」執編，他大量採用我的詩作。這一年，據說，我是「人間副刊」刊出詩作最多的人。

一九九六（五十九歲）四月，出版詩集《一天裡的戲碼》。

一九九七（六十歲）因出版爾雅叢書及「年度小說選」連續三十年，獲金石堂文化廣場「一九九七年度特別貢獻獎」。

二〇〇〇（六十三歲）自傳體散文《漲潮日》獲聯合報「讀書人」二〇〇〇年最佳書獎（由許倬雲院士頒獎）。
獲「年度詩獎」（由詩人周夢蝶頒獎）。
在天下「九三人文空間」舉辦創社二十五周年慶各項活動，也是爾雅出版社的巔峰期，跨入二十一世紀，由於手機和電子書的資訊革命以及整體大環境的改變，紙本書閱讀人口逐年減少，書店一家家關門，爾雅營業額明顯一年不如一年。

二〇〇三（六十六歲）擔任「北一女駐校作家」。

二〇〇四（六十七歲）《漲潮日》入選《文訊雜誌主辦專家推薦》「新世紀文學好書60本」。

二〇〇五（六十八歲）出版隱地作品選（之二）《草的天堂》，得大陸文友黎湘萍序，自此視湘萍為知音。

二〇〇六（六十九歲）出版長篇小說《風中陀螺》（陳芳明序）。

九月，至山東棗莊學院參加海峽兩岸文學藝術高端論壇暨棗莊筆會，並獲院長張良成聘為棗莊學院名譽教授。

十月，被亮軒兄拉著和一些藝術界的朋友到杭州西湖，參加「相約西子湖」的活動，隨團還有體壇名主播傅達仁，當時他看來健康狀況良好，想不到十二年後成為「安樂死」的新聞人物。

二〇〇八（七十一歲）經同學丁振東將軍推薦，獲中華民國中央軍事院校校友總會，當選九十七年傑出校友，次年畫家王愷，亦獲此榮譽。

二〇〇九（七十二歲）山東大學文學與新聞傳播學院孫學敏專研中國現代新詩，她的碩士論文《存在與超越——論隱地的詩歌世界》，元月，由爾雅出版。

二〇一〇（七十三歲）散文〈一日神〉入選九歌出版社《九十八年散文選》（張曼娟主編），並獲「年度散文獎」。

九月二十四日，獲新聞局「第三十四屆金鼎獎」圖書類特別貢獻獎。

二〇一一（七十四歲）六月四至七日，與詩人鄭愁予夫婦，蕭蕭、白靈、羅文玲、陳憲仁、蘇慧霜等前往湖北省秭歸縣屈原故里，應邀參加兩岸詩人端午詩會朗讀詩作。

六月九日，臺中惠明國際公司購買爾雅大量圖書，贈送學校圖書館，其中一部分透過明道大學轉送給臺中二十六所學校。明道為此特別舉辦「贈百部書傳萬里情」的贈書儀式，由校長陳世雄博士主持，也邀請惠明公司總經理王勝瑜、爾雅隱地及二十六所中學校長和圖書館主任蒞臨參加，共襄盛舉。

六月十日明道大學聯合香港大學、廈門大學、徐州師範大學共同舉辦「隱地與華文文學」兩岸三地學術研討會，在彰化明道大學國際會議廳舉行，由校長陳世雄博士和人文學院院長王大延博士及中文系主任羅文玲共同主持開幕式，會場並立即發行包括全部論文在內的《都市心靈工程師——隱地的文學心田》（蕭蕭和羅文玲合編）。

二〇一三

（七十六歲）一個逐漸靠近八十歲的老者，但老天還要重新考驗我，給我最多的磨難，看我是否仍能像少年時候，在屢遭挫折中不喪志。

這一年，先是自己一向引以為傲的明亮眼睛出了狀況——兩扇靈魂之窗，只剩下一隻「孤獨左眼」，民國一〇二年一月二十八日晚上，洗臉刷牙之後，眼前閃現一把似圍棋的黑子，原來就在那一剎那，「眼中風」找上我。自此從年頭到年尾，馬不停蹄地在臺北市將近六、七家眼科醫院奔走、折騰……由於全副心力放在保護兩隻眼睛——一隻好眼睛和一隻壞眼睛，似乎引起了牙齒不爽，它突然下馬威，讓我立即痛不欲生。

於是二〇一三年，又治眼疾又治牙病，成為我《生命中特殊的一年》，但仔細回想，一切均有徵兆——原來重新翻閱自己二〇一二年的日記，在七月二十九日和九月四日兩天的日記——〈突然成了一隻病貓〉和〈痛的跳舞症〉，早就有了答案，只是自以為有金剛不壞之身，怪誰呢？

生命中
特殊的一年
—隱地2013年札記—
微笑吧，微笑的人多了，憤恨的心就少了。隱地

二〇一四

（七十七歲）生命有了轉折，改到書田醫院向眼科廖世傑醫師求診之

後，眼壓終於穩定。每月向廖醫師報到一次，眼睛雖仍易感疲勞且畏光，但大致說來，不再經常出現狀況，能讓我平安過日子，心存感激不已；第二位要感謝的是陳嘉恭牙醫師，他讓我的牙，重新可以吃花生米。此外，也要感謝方隆彰夫人方嫂王黎月，由於她的薦引，認識了馬偕心臟內科劉俊宏醫師，三個月或半年報到一次，在他眼裡，我是他最滿意的健康老人，看來，因為他的藹然可親和他的鼓勵，連我自己也感覺，啊，健康的活著，人生確實美好！

二〇一五

（七十八歲）爾雅出版社創社四十周年，《文訊雜誌》封德屏與杜秀卿聯合為爾雅編了一本特輯——「爾雅不惑．文學無限」，邀請許多作家朋友寫下對爾雅的回顧和祝福。

平生三大興趣——讀小說、喝咖啡、看電影。《隱地看小說》出版四十八年後，出版《隱地看電影》。

出版兩本談論八百種爾雅叢書的《清晨的人》和《深夜的人》。

二〇一六

（七十九歲）從創業第一年至四十周年，堅持每年出版新書二十種，但因營業額年年萎縮，不得已自今年起，決定減少出版書種，以後以每年出書十種為目標。

開始寫「年代五書」第一冊《回到七〇年代》。

白靈著《新詩十家論》出版。論及之十位詩人為周夢蝶、商禽、管管、瘂弦、鄭愁予、隱地、林煥彰、蕭蕭、渡也、羅智成。

二〇一七

（八十歲）二月上旬，青泉二哥和二嫂及女兒春萍自家鄉溫州來臺，住青新大哥家。十九日，青新哥在慶城街「潮江宴」宴請柯氏家族。這也是八十年來，二哥和我首次見面。二月二十六日，柯家三兄弟和家人至陽明山父親墓前祭拜。

九月二十日，《回到九〇年代》出版。五十年往事追憶錄——「年代

五書」全部完成。

十一月二十日，「年代五書」盒裝套書上市，以《五十年臺灣文學記憶》為總書名。

二〇一八

（八十一歲）出版《帶走一個時代的人——從李敖到周夢蝶》。

二〇一七年十二月三十一日，紀州庵文學森林舉行「隱地『年代五書』熱鬧會」，和五書主講人合影。左起主持人汪其楣、林芳玫、亮軒、隱地、《文訊》社長封德屏、康來新、陳義芝、廖志峰。（彭碧君攝）。

33.身體一艘船	散　　文	二〇〇五年二月	爾雅
34.草的天堂	散文選	二〇〇五年十月	爾雅
35.隱地二百擊	札　　記	二〇〇六年元月	爾雅
36.敲門 ——爾雅三十光與塵	散　　文	二〇〇六年三月	爾雅
37.風中陀螺	長篇小說	二〇〇七年元月	爾雅
38.人啊人 ——「人性三書」合集	哲理小品	二〇〇七年七月	爾雅
39.春天窗前的七十歲少年	散　　文	二〇〇八年元月	爾雅
40.我的眼睛	隨　　筆	二〇〇八年五月	爾雅
41.回頭	散　　文	二〇〇九年元月	爾雅
42.遺忘與備忘 ——文學年記篇	文學史話	二〇〇九年十一月	爾雅
43.朋友都還在嗎？ ——《遺忘與備忘》續記	文學史話	二〇一〇年三月	爾雅
44.讀一首詩吧	讀詩筆記	二〇一〇年九月	爾雅
45.風雲舞山	詩	二〇一〇年十一月	爾雅
46.一日神	散　　文	二〇一一年二月	爾雅
47.一棟獨立的臺灣房屋及其他	散　　文	二〇一二年四月	爾雅
48.2012／隱地（日記三書之2）	日　　記	二〇一三年二月	爾雅
49.生命中特殊的一年	隨　　筆	二〇一三年十一月	爾雅
50.出版圈圈夢	論　　述	二〇一四年十二月	爾雅
51.清晨的人	書　　話	二〇一五年四月	爾雅
52.隱地看電影	電影筆記	二〇一五年七月	爾雅
53.深夜的人	書　　話	二〇一五年十二月	爾雅
54.手機與西門慶	書　　話	二〇一六年四月	爾雅
55.回到七〇年代 ——七〇年代的文藝風	文壇憶往	二〇一六年七月	爾雅
56.回到五〇年代 ——五〇年代的克難生活	文壇憶往	二〇一六年十月	爾雅
57.回到六〇年代 ——六〇年代的爬山精神	文壇憶往	二〇一七年二月	爾雅
58.回到八〇年代 ——八〇年代的流金歲月	文壇憶往	二〇一七年六月	爾雅
59.回到九〇年代 ——九〇年代的旅游熱	文壇憶往	二〇一七年九月	爾雅
60.五十年臺灣文學記憶 ——年代五書盒裝	文壇憶往	二〇一七年十一月	爾雅
61.帶走一個時代的人 ——從李敖到周夢蝶	散文	二〇一八年七月	爾雅

隱地書目

書　名	類　別	出版年月	出版社
1.傘上傘下	小說・散文	一九六三年四月	先：皇冠
	小說・散文	一九七九年四月	後：爾雅
2.幻想的男子	小　說	一九七九年四月	後：爾雅
（一千個世界）	小　說	一九六六年八月	先：文星
3.隱地看小說	評　論	一九六七年九月	先：大江
	評　論	一九七九年四月	後：爾雅
4.一個里程	雜　文	一九六八年六月	華美
5.反芻集	讀書隨筆	一九七〇年十二月	大林
6.快樂的讀書人	讀書隨筆	一九七五年十二月	爾雅
7.現代人生	小　品	一九七六年十月	爾雅
8.歐遊隨筆	遊　記	一九七六年十二月	爾雅
9.我的書名就叫書	隨　筆	一九七八年十二月	爾雅
10.誰來幫助我	隨　筆	一九八〇年七月	爾雅
11.碎心簷	中篇小說	一九八〇年十一月	爾雅
12.隱地自選集	選　集	一九八二年十二月	黎明
13.心的掙扎	哲理小品	一九八四年九月	爾雅
14.作家與書的故事	作家生活	一九八五年十一月	爾雅
15.人啊人	哲理小品	一九八七年三月	爾雅
16.眾生	哲理小品	一九八九年五月	爾雅
17.隱地極短篇	小小說	一九九〇年元月	爾雅
18.愛喝咖啡的人	散　文	一九九二年二月	爾雅
19.翻轉的年代	散　文	一九九三年十二月	爾雅
20.出版心事	隨　筆	一九九四年六月	爾雅
21.法式裸睡	詩	一九九五年二月	爾雅
22.一天裏的戲碼	詩	一九九六年四月	爾雅
23.盪著鞦韆喝咖啡	散　文	一九九八年七月	爾雅
24.生命曠野	詩	二〇〇〇年一月	爾雅
25.漲潮日	自　傳	二〇〇〇年十月	爾雅
26.我的宗教我的廟	散　文	二〇〇一年七月	爾雅
27.詩歌舖	詩	二〇〇二年二月	爾雅
28.2002／隱地（日記三書之1）	日　記	二〇〇三年六月	爾雅
29.自從有了書以後……	散　文	二〇〇三年七月	爾雅
30.人生十感	散　文	二〇〇四年五月	爾雅
31.隱地序跋	序　跋	二〇〇四年七月	古吳軒
32.十年詩選	詩　選	二〇〇四年十月	爾雅

爾雅題字：王北岳　爾雅篆印：張慕漁

　封面設計：嚴君怡

帶走一個時代的人——從李敖到周夢蝶（爾雅叢書之655）

著者：隱地

校對：隱地・郭明福・彭碧君

發行人：柯青華

出版・發行：爾雅出版社有限公司
臺北郵政三〇—一九〇號信箱
臺北市中正區一〇〇八二
廈門街一一三巷三十三之一號一樓
電話：二三六五四〇三六　傳真：二三六五七〇四七
郵政劃撥：〇一〇四九二五—一
網址：http://www.elitebooks.com.tw
E-mail: elite113@ms12.hinet.net

法律顧問：蕭雄淋律師（北辰著作權事務所）
臺北市潮州街一一六號六樓

印刷者：盈昌印刷有限公司
新北市中和區新民街八十三號

二〇一八（民一〇七）年七月二十日初版

行政院新聞局版臺業字第〇二六五號

定價260元（如有破損或裝訂錯誤請寄回本社更換）

ISBN 978-957-639-627-4

國家圖書館出版品預行編目資料

帶走一個時代的人：從李敖到周夢蝶 / 隱地著.
--初版. --臺北市：爾雅，民107.07
面； 公分. --（爾雅叢書；655）

ISBN 978-957-639-627-4（平裝）

855 107009630